Karin Brunk Holmqvist

POTENSGIVARNA

Kabusa Pocket

Författaren har på Kabusa Böcker även utgivit:
Rapsbaggarna 2005 (pocket 2006)
Villa Bonita 2006 (pocket 2007)
Mintgrodornas återkomst 2007 (pocket 2008)

Potensgivarna

Omslag Tintin Blackwell
Grafisk form Lisa Sjölin
Första pocketupplagan, Kabusa Böcker, 2005
Åttonde tryckningen
Tryck Nørhaven Paperback A/S, Danmark, 2008
ISBN 978 91 89680 37 1

www.kabusabocker.se

KAPITEL I

Knarrandet från utdragssoffan i köket vittnade om att en ny dag hade börjat. Elida Svensson sköt in bädden exakt 07.10 så som varje morgon.

Elida var äldst av de båda systrarna. Hon skulle fylla 79 till hösten. Tilda var bara 72 men såg äldre ut. De var båda födda i huset, inte i utdragssoffan utan i den stora, svarta järnsängen i föräldrarnas sovrum. Sovrummet såg förresten fortfarande likadant ut som det alltid gjort. Den svarta järnsängen som sagt, med de gula mässingsknopparna och så det stora sängöverkastet av små virkade rutor, gjort av restgarner. Både Tilda och Elida hade som små varit mycket fascinerade av sängöverkastet. De brukade ibland ligga på det och minnas.

– Det här har varit min kofta, brukar Tilda säga och peka på ett av de gammelrosa fälten.

– Och detta har varit farfars halsduk, säger Elida.

Varje ruta, varje färg, hade sin historia.

Ibland när deras far, smedmästare Svensson, fått lite för mycket i strupen brukade han använda överkastet till sagobok.

– Idag tar vi de vågräta ytterrutorna, kunde han säga och berättade sedan ruta för ruta historierna om garnernas ursprung. Men han var noga med att aldrig berätta om mer än en räcka åt gången:

– I morgon tar vi de vågräta rutorna.

Ja, det var ett förunderligt sängöverkast.

Därför hade fröknarna Svensson beslutat sig för att hålla rummet orört efter föräldrarnas frånfälle. De vistades sällan i rummet, det bara fanns där, som ett stort, mörkt, fuktigt hål i huset. Fröknarna Svensson eldade aldrig därinne. De tyckte att det var onödigt när rummet inte användes längre. Förutom sängen fanns det två sängbord. De hade marmorskiva, en liten låda och så pottskåpet underst. Till och med den rosa porslinspottan med den spruckna kanten stod kvar på sin plats. Lavoaren stod i hörnet som alltid. Tvättfatet var av gammalt Rörstrandsgods och vattenkannan var av samma ursprung och samma mönster. Tvålkoppen var av annat fabrikat men även denna av porslin. Till och med tvålen låg kvar, sprucken, men ändå!

I övrigt fanns inte så mycket mer i rummet, bara ett par stora porträtt på väggen av några förfäder och så den unkna, instängda luften förstås. Fröknarna Svensson var inte mycket för förnyelse.

De hade vuxit upp under knappa förhållanden. Deras far, smedmästaren, hade visserligen arbetat och knogat hela sitt liv men något överflöd blev det aldrig. Smedmästarens hustru Elna hade tagit hand om Tilda, Elida och deras yngre broder Rutger. Pappan brukade skämtsamt kalla honom för efterskatten eftersom Rutger var tio år yngre än Tilda. Men kärlek hade präglat tillvaron i hemmet och kanske var det därför som Tilda och Elida stannat kvar allt för länge. Så länge att de försuttit sina chanser på äktenskapsmarknaden, som man leende brukade tala om i byn. Men de hade inte varit fula, de hade till och med fått ett och annat äktenskapsanbud i sin ungdom och visst hade köttets lustar hemsökt dem många gånger. Men antingen hade de sökt tillfredsställelse i hårt arbete eller i kvällens mörker utforskat sina kroppar, för att slutligen hitta den brinnande härden och tillfredsställt den, visserligen under djup ånger och rädsla för Guds straff. Men straffet kunde inte vara värre än åtrån och därför brukade de båda fröknarna, var och en i sin bädd, släcka lågan som ibland kändes outhärdlig.

Rutger flyttade till stan i unga år och var nog ganska nöjd med att systrarna tog hand om föräldrarna på ålderdomen. Ja, Elida hade förstås utanför hemmet varit behjälplig hos handlaren under bråda dagar och Tilda hade hjälpt till som kokerska vid de stora kalasen i byn, men däremellan fanns de hos sina föräldrar. De drog båda sina sista andetag i den stora järnsängen, i samma säng som de tre barnen under våndor fötts fram, allt medan det virkade sängöverkastet med sin historia vakat över händelserna. Sedan flera år tillbaka levde Tilda och Elida ensamma i huset. De uppbar båda folkpension och hade det ganska bra, men huset såg ut som det alltid gjort, med vedspisar, utedass och brunn på gården. Information om Allemansspar, Fondspar och Spar-80 hade inte nått det lilla huset, Borrby 13:83. Det var inte så att de inte sparade, tvärtom, men de sparade på sitt eget sätt, Elida i kopparkitteln i köket och Tilda i en trätunna ute i brygghuset. De kände tillfredsställelse över att se sedelbuntarna växa men de hade inte en tanke på att spendera något för att underlätta de vardagliga sysslorna i hemmet. I köket var det alltid varmt. AGA-spisens värme fyllde liksom ut varje tomrum. Värmen smög längs golvtiljorna, nästlade in sig i varje ögla i de hemvävda trasmattorna och steg sedan upp till flugfångaren, den där bruna, klistriga remsan där flugorna utkämpade en förtvivlad dödskamp. Värmen fick flugfångaren att gunga lätt. Eftersom det var varmast i köket, sov fröknarna Svensson där, i utdragssoffan. Elida i själva soffan eftersom hon var äldst. Tilda i den utdragna trälådan som var kortare och mera obekväm. Även om Tilda var yngst, var hennes leder hårdast angripna av värk och hennes händer och fingrar liknade mest en vindpinad martall. Tilda hade svårt att ta sig ur den obekväma bädden men eftersom båda var emot all förändring blev det ändå Tilda som varje kväll exakt 21.10 kröp ner i den lilla trälådan som på dagen utgjorde sockel till soffan. De gick till sängs exakt samma tid varje kväll, sommar som vinter, helg som vardag, och exakt 07.10 hördes knarrandet när Elida efter noggrann bäddning sköt in sockeln och fullbordade soffan.

KAPITEL 2

Fröknarna Svensson fick allt svårare att få dagarna att gå. De högg ved, rakade ur spisarna, påtade i trädgården och kokade ibland in bär.

Köttets lustar hade försvunnit, det fanns inte längre någon brinnande härd att släcka under de sena timmarna i kökssoffan. Gud hade säkert för länge sedan förlåtit, tröstade sig Tilda när värken satte in och hon blev rädd för att dö och snart stå öga mot öga med Herren. Men hon saknade faktiskt stunderna av het längtan under det gamla sticktäcket, men det erkände hon inte ens för sig själv. Hon ville gå in i himlen lika ren och oskuldsfull som hon fötts fram i den svarta järnsängen.

– Kaffet är klart, ropar Tilda.

Egentligen hade hon inte behövt kalla, för Elida visste att i samma stund som utdragssoffan sköts in, skulle frukosten stå på bordet.

– Rabarbermarmeladen blev fin i år, säger Tilda.

– Lite för söt, tillägger Elida som varje morgon.

Ja, skall sanningen fram behövde inget sägas för de visste allt. Men för tystnaden var de rädda de båda systrarna och därför upprepade de samma saker varje dag, år ut och år in, eftersom bristen på nya samtalsämnen blev allt större.

Elida läste dagstidningen först, så hade det alltid varit. Även om de var sparsamma ville de följa med vad som hände. De var inte dumma. Gud hade utrustat dem med ett gott intellekt och de skulle säkert ha gått långt om de bara fått läsa vidare. Rutger fick läsa vidare. Han var ju pojke och skulle kanske försörja en familj. Han blev så småningom journalist, gifte sig med en logoped och makarna fick tre barn.

Han var sällan hemma hos sina systrar, men det hände ibland någon sommar. Elida bär ännu skuggan av skammens rosor på sina kinder efter att en gång ha frågat Rutgers fru Marianne om en logoped är en sådan som provar ut hålfotsinlägg. Nej, Elida var inte ointelligent, men nymodigheter hade hon svårt att förstå sig på.

Elida hade lokalsidan uppslagen ovanligt länge denna morgon och Tilda förstod att det stod något speciellt. Till och med tiden på varje uppslag i tidningen brukade stämma exakt och varje avvikelse fick Tilda att reagera.

– Står det något särskilt?

– Lantz hus är sålt, det står bland lagfarterna.

Lantz hade varit granne med familjen Svensson i många år. Han dog samma dag som lärkan kom, den 14 april. Tilda och Elida hade spekulerat kring vad som skulle hända med huset och hade gissat att det som så många andra hus i byn, skulle säljas till någon sommargäst från stan. Och mycket riktigt, köparen var en stadsbo, och plötsligt hade ångestens rosor slagit rot i det lilla köket och dagens rutiner hade redan ruckats för klockan var 07.40 och frukosten brukade var slut prick 07.30.

Fröknarna Svenssons brunn var belägen så att de måste gå en bit in på Lantz tomt för att hämta vatten. Ja det fanns visst något servitut, men pappren hade brunnit upp för många år sedan när en kulblixt satte smedmästare Svenssons skrivbord i brand. Eftersom familjen var god vän med Lantz hade man inte brytt sig om pappren, sitt vatten fick man ändå hämta oavsett om de fanns eller ej.

Lantz hade haft en son som både Tilda och Elida varit förtjusta i och därför gick de på den tiden mer än gärna för att hiva upp den skrangliga spannen med friskt brunnsvatten. Numera gick man dit för att man behövde vatten och inget annat. Men båda mindes och båda hade vid flera tillfällen haft Lantz son i tankarna när händerna trevade ner under sticktäcket på natten.

– Tänk om vi inte får hämta vatten mer? säger Tilda med märkbar bestörtning.

– Klart vi får, säger Elida lugnande, men hennes flackande blick avslöjade att även hon kände oro inför framtiden.

Tilda satt länge vid brunnen den dagen. Trälocket kändes ovanligt tungt och när hon släppte ner spannen ville den inte sjunka och ta in vatten, den guppade förargligt på ytan som av ren trots. Tilda fick kasta ner den ett par gånger för att den slutligen skulle lägga sig på sidan och ta in vatten och sjunka. De sista åren hade det mesta av vattnet skvalpat ut innan spannen nådde upp till brunnskanten. Tilda brydde sig inte så mycket om det eftersom de numera behövde allt mindre vatten för sina behov.

När hon denna kväll fått upp spannen och hällt över vattnet i sin gula, emaljerade spann med blå kant, lät hon trälocket falla tungt tillbaka på sin plats, inte varligt som tidigare utan vårdslöst, och Tilda tyckte att ljudet lät skönt, som om det slog sönder hennes rädsla.

Hon gick inte hem som vanligt utan satte sig på brunnslocket. Hon mindes Lantz, hans son Erik och alla somrar de haft tillsammans. Hon nästan ångrade att hon inte gjort det den där gången med Erik. Den sommarnatten då han full av åtrå ville förena sig med henne på det vita trädgårdsbordet i bersån. Gud hade säkert förlåtit det också, tänkte Tilda men förstod att nu var det för sent. Erik var död, hon själv en uttorkad gammal nucka, men när hon tänkte på den gången i bersån kändes det ändå som det fanns liv under linningen. Tilda bestämde sig snabbt för att det måste vara gummibandet i benkläderna som satt för hårt. Hon satt kvar en stund för att känna efter om känslan skulle komma tillbaka, men det gjorde den inte och det gjorde henne bedrövad.

KAPITEL 3

De kommande dagarna nämnde systrarna ingenting om Lantz hus. Men oron fanns där, tyst och pockande, och de båda fröknarna vände och vred sig i kökssoffan ovanligt länge innan sömnens befrielse tyngde deras lemmar och lät deras tandlösa gommar blotta sig i månljuset som kom in genom det spröjsade köksfönstret. Värmen från AGA-spisen svepte ännu mellan väggarna och vid kökssoffans gavel stod två par utslitna filttofflor och väntade på att klockan skulle bli 07.10 så att de på nytt skulle fyllas upp av de långa, vita, smala fötterna vars liktornar gjort små upphöjningar i tofflornas filt.

När flyttlasset kom till Lantz hus ville ingen av fröknarna låtsas om att de var intresserade. Nyfikenhet, hade smedmästare Svensson sagt, var ett grovt brott. Men plötsligt stod både Tilda och Elida ute vid häcken, i samma rabatt, med var sin hacka, på det stället där vintern tagit en bit av Ligusterhäcken och gjort insynen fri. De stod så nära varandra att hackorna gick omlott och det uppstod en liten gnista när de korsade varandra. Tilda tog sig för hjärtat. Det var ett knep hon haft i många år och tillämpade i pinsamma situationer. Systern blev alltid orolig vid Tildas anfall och allt fokuserades kring Tilda som på så sätt avledde det prekära läge som uppstått.

– Sätt dig här, säger Elida och skjuter fram en liten pall som stod vid häcken och som systrarna brukade sitta på vid bärplockning.

– Det sticker i vänstra armen, säger Tilda jämrande. Hon hade läst i någon läkarspalt att det skulle det göra när det var riktigt illa.

Elida kan emellertid inte riktigt koncentrera sig på systern utan blicken faller gång på gång över häcken för att kunna se vad som försiggår inne i Lantz hus.

– Ända ut i fingerspetsarna, säger Tilda och tycker plötsligt att hon känner det på RIKTIGT och blir rädd, för att dö och för att inte hinna göra något mer åt sitt liv. Det är som om hon anat att livet hade sällsamma överraskningar i beredskap och hon bestämde sig för att vänta med att dö.

– Han såg fin ut vår nye granne, säger Elida vid kvällskaffet medan de doppade sina skorpor.

– Tror du han är ensam, säger Tilda, det har ju inte synts till någon annan.

– Dom kommer sedan, säger Elida. Det gör alltid kvinnorna från stan, ja när allt är färdigt, möblerna på plats och tomten uppröjd.

– Han ser gift ut, säger Tilda och suger i sig den kaffedrypande skorpan genom den tandlösa gommen.

Ja, tänderna lägger de i ett glas klockan 20.15 när de gör sina nattförberedelser. De tycker båda att det känns skönt att suga in de blöta skorporna, det kittlar så behagligt.

De trivs egentligen inte alls med sina tänder men tycker att de är bra att äta söndagssteken med. Båda har kommit överens om att det är bortkastade pengar att låta tänderna ligga i vattenglaset hela veckan, så därför bär de båda tåligt sina skavande löständer, utom till kvällskaffet. Då kändes det nästan syndigt skönt, ja avklätt på något sätt, och ibland tittar Tilda styggt bort mot glaset på AGA-spisen där tänderna ligger.

– Ja, där kan ni ligga, för egentligen behöver vi er inte. Hade det inte varit för att ni varit en så dyr investering kunde ni få ligga där jämt, tänker Tilda medan den sista biten skorpa sakta glider ner i hennes svalg.

KAPITEL 4

Borrby var ett litet samhälle med ungefär 1000 bofasta invånare, men på somrarna ökade folkmängden betydligt. Sommargästerna tyckte om lugnet på landet, de milsvida åkrarna och den gamla handelsboden där korvar och träskor trängdes under takbjälkarna. Posten var nerlagd sedan flera år. Men nu hade man lantbrevbärare i stället och då fick man posten direkt in på köksbordet så det hade knappast blivit någon försämring, tvärt om. Det fanns social service också eller lantbrevbärarservice heter det visst. Ja, socialnämnden hade ett avtal med lantbrevbärarna att de skulle gå in i alla stugor trots att det inte alltid fanns någon post. Elida hade läst i tidningen att det var något med att kommunen hade det yttersta ansvaret för dem som bodde i kommunen. Ingen skulle behöva ligga med brutet ben eller hjärnblödning och bara ruttna bort.

Ja, de hade vad de behövde i Borrby. Nej, inget systembolag, det hade de inte. Men det saknade fröknarna Svensson inte så mycket. De köpte en flaska sherry till julen och en flaska besk hade de alltid hemma i det gamla drängskåpet i kökshörnet. Det var mest för säkerhets skull om de skulle bli förkylda eller sjuka men det blev de aldrig, så systembolag saknade de inte.

Rutger hade gjort vin en sommar i brygghuset. Han hade satt dit en stor rostfri tunna med några rör och slangar, något rör droppade det ur och i något fanns det vatten. Han hade köpt kol också och så hade han skrattat åt Tilda och Elida när de sa att det var renligare att elda med ved. Det luktade också därute. Men Rutger verkade så glad varje kväll han kom från brygghuset, så lukten skulle nog vara så. Ja, det var en trevlig sommar, det var det. Rutger bjöd aldrig sina systrar på vinet, sa att det skulle lagras först och så tog han alla flaskorna med sig hem till stan. Elida tyckte att det var konstigt att vinet var så tunt och vitt. Hon tänkte på nattvardsvinet som var rött och fylligt. Men Rutger blev konstigt irriterad när någon frågade om vinet i brygghuset, så de beslutade sig för att tiga. De hade ju sin besk och sin sherry och var inte i behov av något annat. Den rostfria tunnan stod fortfarande kvar i brygghuset.

– Vi har så trångt inne i stan, sa Rutger.

De trodde honom, även om de aldrig varit där, och därför fick tunnan bli kvar. Lukten blev också kvar länge men när höststormarna sökte sig in genom de otäta fönstren liksom pressade de ut de sista dofterna av sommaren. Till julen fick de smaka Rutgers vin. Lantbrevbäraren kom med ett paket och en julhälsning från Rutger och hans familj. Men han måste ha tillsatt något, sa Tilda, för det var ju ljusgult nu och han hade köpt etiketter och satt på. Till och med en likadan kork som de hade sett på systembolaget satt i flaskhalsen. Ja, Rutger han kan han, sa Tilda, men så bor han också i stan.

I Borrby var man inte mycket för finesser. Man föredrog det enkla och vanliga. Men man gladdes åt att titta på sommargästernas nymodigheter. Trots att det fanns spisar i husen så köpte de små spisar, med eller utan skorsten, och tillagade korvar ute i trädgården nästan varenda kväll det var vackert väder.

En kväll när Tilda och Elida skulle gå till musikandakt i kyrkan gick de förbi Stockholmarens hus, ja man kallade det så. Stockholmaren satt ute i trädgården och tillagade sina korvar och både Tilda och Elida hann se att där stod en likadan flaska på bordet som den de fått av Rutger i julklapp. Tilda hade tänkt fråga om han kände Rutger, men hon blir osäker när hon skall tala med någon som inte är från byn, så hon lät bli.

– Han känner nog Rutger ändå, säger Elida till Tilda.

– Tänka sig, säger Tilda, han har kanske till och med varit i Stockholm, Rutger.

– Man kan aldrig veta, svarar Tilda, för han har ju varit i utlandet också.

– Ja och han kan deras språk, säger Elida stolt.

Rutger hade skickat ett vykort från Tyskland till sina systrar och även om vykortet gulnat och blivit svartprickigt av flugskit så satt det likväl kvar, fäst vid spegeln i hallen för att vittna om broderns framgångar i livet.

Framgång hade nog deras nye granne också haft, för när han bott i Lantz hus i en månad var det knappast till att känna igen. Fönstren hade blivit utbytta, nya plattor låg på gångarna kring huset i vackra mönster. Blomsterlådor fanns under varje fönster med de vackraste blommor man kunde tänka sig.

– Han är säkert rik, säger Tilda en kväll när systrarna stod och snoppade krusbär.

– Handlaren sa att han hade tre guldringar på fingrarna, säger Elida och blir så exalterad att hon lägger ett osnoppat krusbär bland de snoppade.

Tilda såg det förstås och så var samtalsämnet räddat för en stund framöver.

– Sylten kan bli besk om det kommer flugor med, säger Tilda syrligt.

– Ånej, inte för en enda väl.

– Jodå, och tänk om just burken med det orensade krusbäret skulle hamna på frukostbordet när Rutger och hans familj kommer på besök.

Elida fick medge att det vore en katastrof, men Rutger kommer så sällan att årets skörd säkert skulle vara förbrukad innan nästa besök.

Från köksfönstret i Borrby 13:83 hos systrarna Svensson kunde man se in till Lantz hus och det var strax intill fönstret som Tilda och Elida stod när de snoppade krusbären. Den sista månaden hade de gärna hållit sig nära fönstret och rabatterna längs häcken hade inte varit så välansade på många år. Det var som om rutinerna så sakta började förändras, men ingen av dem nämnde något.

Eftersom de så att säga följde allt som hände inne i Lantz hus, lärde de sig också grannens rutiner och det hade de nytta av. För det var ju det där med brunnen. Tidigare hade systrarna hämtat vatten vid middagstid, eller närmare bestämt 12.25 strax före middagsluren, men vid den tiden kunde de nu inte riktigt förmå sig till att gå till brunnen av rädsla att grannen skulle se dem. Därför hade de efter noggrant iakttagande noterat, att varje kväll vid 17-tiden gick grannen ner till handelsboden för att köpa sin kvällstidning och det var då de brukade passa på att hämta vatten.

Den gamla brunnen som tidigare varit där bara för att vara brunn, hade nu antagit en ny skepnad. Det komplicerade det hela. Brunnslocket hade blivit målat grönt som det frodiga gräset runt omkring, men inte nog med detta, ovanpå brunnslocket hade han planterat blommor. Ja, inte direkt på själva brunnslocket förstås, utan i en gryta. En sådan där gjutjärnsgryta som fröknarna Svensson brukade tillaga sin söndagsstek i. Sommargästerna var märkliga, de använde fel saker till allting. Stora koppargrytor som man skall tvätta i sätter de också blommor i, ja till och med i kaffekittlar. Eftersom det fanns vita, fina plastkrukor nere i handelsboden förstod inte fröknarna Svensson varför man måste plocka ut husgerådet i trädgården och plantera blommor i dem.

Nåväl, vattenhämtningen vållade bekymmer nuförtiden det var helt klart. Först måste man passa tiderna, sedan nödgades man att försiktigt flytta ner blommorna och slutligen tänka på att varligt släppa ner brunnslocket så att den gröna färgen inte tog skada.

När det var dags att hämta vatten satte alltid Tildas krämpor in. Stickningar i vänster arm, yrsel och till och med illamående. En viss irritation hade börjat märkas mellan systrarna som tidigare levt som i symbios med varandra.

När sommaren var inne på sin sjunde vecka var de båda systrarna överens om att de måste tala med sin granne och berätta om brunnen.

Kvällen det skulle ske var en sådan där riktig sommarkväll. Flugorna stod stilla i luften, tunnan med regnvatten var för länge sedan uttorkad och det var så stilla att när man talade kom orden tillbaka som om de ville uttalas igen, de nådde inte mottagaren på grund av den kompakta stillhet som bildade en mur kring allting. Flugorna surrade extra ivrigt kring klisterremsan och den surrande dödsdansen ackompanjerades av sprakandet från dagens sista vedkubbe som höll på att brinna upp i spisen. Den stora livskraftiga träbiten som för bara tio minuter sedan lagts i spisen och snart skulle rakas ut som några futtiga sotflagor.

– Vad skall vi säga till honom? säger Tilda oroligt.

– Att vi skall få hämta vatten så klart, säger Elida.

– Gå du, säger Tilda, så sätter jag fram kvällskaffet och skorporna så länge.

– Men inte skall du besvära dig så, säger Elida ironiskt. Du har haft stickningar i vänsterarmen idag. Gå du så sätter jag fram kaffet.

Innan systrarna bestämt sig hade flugsurret på klisterremsan tystnat. Rörstocken till spisen hade kallnat och givit ifrån sig sina vanliga tre knäppningar och vid denna tidpunkt skulle fröknarna Svenssons tänder redan legat i glasen på AGA-spisen, kaffet skulle varit urdrucket och sockeln till kökssoffan utdragen.

Klockan 21.00 lämnade Tilda och Elida gemensamt huset och begav sig med trevande steg mot Lantz hus. Båda hade tagit på sig sina söndagsklänningar och båda hade också tagit en titt i hallspegeln, den som Rutgers kort från utlandet satt på.

Den nye grannen hette Alvar Klemens. Han var omkring 60 år gissade Elida och Tilda och han kom från Sundsvall och var byrådirektör.

Elida hade frågat när hans fru skulle flytta in men då sparkade Tilda henne på benet med sina skinntofflor med kilklack av kork. Elida försvarade sig senare med att han såg gift ut och försäkrade att det inte var av nyfikenhet beträffande Klemens civilstånd hon hade frågat. Tilda hade upprepat smedmästare Svenssons inställning till nyfikenhet och Elida hade skämts lite. Båda damerna verkade emellertid nöjda och belåtna när Klemens talade om att han var ogift.

Klemens var en ståtlig karl, det hade de båda systrarna tyst konstaterat var för sig, och så var han vänlig och trevlig. Han bjöd på ett glas starkt av någonting som kändes starkare än både besken och sherryn. Han hade försäkrat att de två grannarna fick hämta så mycket vatten de ville, när helst de önskade.

Elida och Tilda hade suttit raka och stela i den fina soffan med medaljongmönster och skulle just till att resa sig för att gå hem när Klemens säger:

– En liten sängfösare till?

Han hade hällt upp var sitt glas starkt till åt sina grannar som protesterat utan framgång. Tilda hade försökt att läsa vad som stod på flaskans etikett men hon såg inte att det stod sängfösare någonstans. Förresten förstod hon inte alls vad där stod för det var något på utländska men det hette kanske sängfösare på svenska, gissade Tilda.

– Det var snällt av herr Klemens att vi får gå över er tomt för att hämta vårt vatten.

– Självklart, skrattar Klemens, och kalla mig Alvar är ni snälla. De båda systrarna bockade artigt, så djupt att deras innan så stela ryggar nu såg ut som pilbågar i profil.

– Har ni pappersinsamling härute? fortsätter Alvar och de båda systrarna ser oförstående ut. Ja, någon förening eller så som samlar in tidningar för återvinning.

– Det blir så fort fullt, säger han och pekar på en stapel tidningar på skrivbordet.

Där låg inte bara dagstidningar utan också kolorerad veckopress. Fröknarna Svensson förvånades över hur mycket tidningar Alvar redan samlat under den korta tid han vistats i byn.

– Tidningar går åt när man skall sätta fyr i spisen, säger Elida som inte kan förstå hur man kan skänka bort så användbara saker som tidningar.

– Behöver ni så ta dem, säger Alvar glatt. Jag är glad bara jag blir av med dem.

Både Tilda och Elida tyckte att de kände en släng av yrsel men visste inte om det var över det generösa erbjudandet eller det starka i glasen. Det var stora glas, på hög, vacker fot och Alvar hade lagt under små vackra underlägg för att det inte skulle bli ringar på bordet. Egentligen skulle systrarna brutit upp för länge sedan men de vågade inte tömma glasen för häftigt för de förstod, att den där sängfösaren på flaskan var stark. Det riktigt rev i strupen och efteråt så hettade kinderna. Nästan som den kvällen i bersån med Erik, Tilda kände sig med en gång riktigt upprymd.

Innan Tilda och Elida slutligen bröt upp sa Alvar att han var glad över att de kommit på besök och att han hoppades att de skulle träffas igen.

De mjuka skinntofflorna kändes vingliga i sulan och det hettade fortfarande i kinderna när de båda fröknarna på ostadiga ben och med var sin packe tidningar under armen traskade hemåt.

Det var första gången på 14 år som de båda gick till sängs utan skorpor och kvällskaffe. Det var också första gången på många år som Tilda och Elida pratade efter det att de gått till sängs.

– Såg du guldringarna? säger Elida med sitt tandlösa smackande.

– Ja, dom måste tjäna bra som byrådirektörer, svarar Tilda.

– Jag undrar hur många byråer man måste sälja innan man blir byrådirektör, flikar Elida in.

Nej, dumma var de båda fröknarna inte, men nymodigheter inom yrkeskåren såsom byrådirektörer och logopeder förstod de sig inte på.

Men gott sov de denna natt, vatten fick de ju hämta när helst de ville och tidningar hade de fått så att de stod sig ett bra tag. De var så upprymda att de inte ens märkte att de glömt slå vatten på tänderna som låg torra och gapande i glasen.

KAPITEL 5

Fröknarna Svensson var sällan ute och träffade andra människor annat än när de gick till handelsboden eller till syföreningen. Båda gick nämligen till kyrkliga syföreningens arbetsaftnar varje torsdagskväll. Där förfärdigade de vackra handarbeten som sedan såldes på den årliga auktionen. Förr hade de sytt vackra handarbeten med små, små stygn men med åren hade de blivit lite knevliga och fumliga i fingrarna och sydde mest stora korsstygn på grov Aidaväv. De kände båda stolthet över alla de pengar de genom sina arbeten drygat ut kyrkokassan med. De sydde aldrig något åt sig själva. De hade vad de behövde.

I föräldrarnas gamla sovrum fanns ju överkastet så där behövdes inget mer. I köket hade de en rutig hemvävd duk och den var praktisk för den var så lätt att tvätta. Ibland blötte de skorporna för länge i kopparna vid kvällskaffet så att de bröts och föll som tunga, våta svampar på duken. Ja, det var onödigt med någon finare duk där. Fröknarna Svensson hade ett vardagsrum också, men de satt för det mesta i köket. I vardagsrummet fanns förstås broderade dukar. Under nästan alla prydnadssakerna fanns en liten broderad duk. De flesta hade deras mor Elna sytt, men det fanns en och annan som Tilda och Elida sytt i sina yngre dagar.

Först hade de legat i kistan bland hemgiften, men när de förstod att chanserna till äktenskap var mikroskopiska packade de upp en del av sakerna och lät dem bli ett med de andra.

I vardagsrummet fanns en vacker soffgrupp med ett randigt, mjukt tyg och det fanns ett bord i mörk gammal ek med lejontassar. En Strindberglampa stod på ett litet bord och trängdes med två mässingsljusstakar och två små glassvanar som systrarna köpt på ett glasbruk när de varit på utfärd med kyrkan.

Hörnet där smedmästare Svenssons skrivbord stått var tomt. Kulblixten hade gått hårt fram och det hade inte varit lönt att reparera möbeln. Det fanns fortfarande svarta spår i korkmattan efter blixten och den efterföljande branden men dessa märken hade funnits där i så många år, att systrarna inte såg dem längre. Synen har visserligen försämrats men så länge vi ser skillnad på krusbär och hallon blir det inga nya glasögon, brukade de skoja.

Humor hade de båda, skojfriska och glättiga var de, men de sista åren hade det varit långt mellan skratten. Det tänkte Tilda på en dag när hon satt och njöt på utedasset och läste i veckotidningarna som de fått av Alvar. Ja, där var många tidningar och utöver att användas när de ville ha fyr i spisen kunde de också dryga ut det dyra toalettpappret med en och annan tidning. Toalettbesöken hade blivit allt längre men de hade ju inget som jäktade på, så den lyxen kunde de unna sig.

Ångestens rosor, som hade slagit rot i Borrby 13:83 när systrarna fick veta att Lantz hus var sålt, började släppa sina sugrötter om deras enkla boning. Glädjen kom tillbaka men också en sorts spänning som var svår att beskriva. De båda systrarna hade börjat titta snett på varandra. Allt som skulle göras i köket gjordes framför köksfönstret med utsikt in till Alvar. Det fanns en iakttagande spänning mellan systrarna.

Tilda som var ytterst intresserad av kungahusen, ja inte bara det svenska utan även annorstädes, försjönk i någon slags kunglig trans när hon på utedasset i den kolorerade veckopressen läste allt med anknytning till kungahusen. Därför varade hennes toalettbesök allt längre, vilket väckte misstankar hos Elida.

– Har du pratat med Alvar? frågade Elida och trots att Tilda bedyrade att hon bara gjort ett besök på toaletten verkade Elida misstänksam.

Tilda förstod också att hon måste korta ner tiden för sina toalettbesök, inte för att stilla Elidas oro för den njöt faktiskt Tilda av. Nej, det var det där med hemorrojderna. De hade inte gett sig till känna på många år men den långa tiden, i den obekväma ställningen, över det alltför stora trähålet på dasset hade satt sina spår och Tilda var orolig att hennes gamla besvär skulle komma åter. Hon var försiktig så att inte Elida skulle märka av det, för det tyckte hon skulle kännas pinsamt. När värken satte in som värst och Tilda hade svårt att gå, brukade hon förbanna sig över sina skinntofflor.

– Sådana här skulle aldrig gamle skomakare Andersson göra. Stiften går upp genom sulan, det är ett rent elände att gå i dom, klagade Tilda.

En kväll hade det till och med kommit lite blod på lokalsidan. De använde ibland sina egna tidningar också på dasset. Men den kvällen blev Tilda vild av oro och när Elida skulle gå och hämta vatten efter middagen släppte Tilda sin utkikspost vid fönstret och gick istället bort till det gamla drängskåpet och tog fram besken. Hon tog det stora spetsglaset, slog det fullt upp till bredden och hällde det rakt ner i strupen utan att bita av. Visserligen hade hon hört de gamla säga att det skulle baddas på det onda stället, men Tilda trodde att hon kunde läka ut det inifrån så att säga. Hon hade just stängt den vackert målade dörren till skåpet när systern kom in med vattnet.

– Här luktar något, säger Elida och sätter den gula, emaljerade spannen så häftigt ifrån sig på golvet att lite vatten skvalpar över på hennes skinntoffel.

– Tänk, det tycker jag också, säger Tilda och var noga med att bara tala på inandningar så att inte lukten skulle fortplanta sig i det lilla köket.

– Varför pratar du så konstigt? säger Elida förvånat.

Vid detta laget var Tilda sprickfärdig av alla inandningar och det faktum att hon endast mycket sparsamt släppt ut lite luft i taget genom näsan.

Telefonsignalen kom som den slutliga räddaren eftersom det alltid var Elida som svarade. Under tiden hann Tilda gå bort till burken med de starka bröstkaramellerna och efter ett par sug kände hon sig helt säker igen och andningen kom igång som vanligt. Kanske var det inbillning men Tilda tyckte faktiskt att besken börjat verka. Trycket från underlivet hade i alla fall avtagit betydligt och hon andades ut, ljudligt och länge.

När Elida talat färdigt behövde Tilda inte fråga vem det var. Det var bara Rutger som ringde, och det var inte ofta. Jo, ordförande i syföreningen ringde en gång per år förstås och kallade till ett möte innan auktionen, men det var som regel vid jultid och eftersom det var sensommar nu måste det ha varit Rutger som ringt.

Elida hade glömt bort lukten, men så fanns den ju inte heller där.

– Förstår inte varför Rutger plötsligt blivit så mån om oss. Han tycker här är omodernt och att vi sliter för mycket.

– Det har han ju aldrig tyckt förr, säger Tilda förvånat.

– Han sa att vi kunde ha det bättre på servicehuset inne i stan.

– Aldrig, säger Tilda lugnt men melankoliskt. Här har vi ju bott i hela vårt liv.

– Han kunde ordna plats åt oss sa han, han hade kontakter.

– Skulle huset säljas? säger Tilda, så går det till någon sommargäst som skulle ändra om det till oigenkännlighet och sätta petunior i gjutjärnsgrytan som vi har till söndagssteken.

– Nej, Rutger sa att han kunde köpa huset för en billig peng så blev det kvar i släkten. Han skulle nyttja det till sommarbostad och vi kunde få bo här en vecka på sommaren.

Även om han haft framgångar i livet vågade faktiskt Tilda fnysa åt hans förslag.

– Det är något lurt, säger hon bestämt.

Ja, hon var faktiskt den intelligentaste av dem, hade intuition också. Kände på sig saker och fick ofta rätt.

– Han tänkte på din värk, utedasset och att vi måste hämta vatten, säger Elida nästan som hon ville försvara Rutger.

De båda systrarna skymtade Alvar i köksfönstret och sa nästan i mun på varandra:

– Nej, vi flyttar inte.

Skall sanningen fram så hade de båda burit sig åt som fjollor sen Alvar flyttade dit. De blev plötsligt måna om sitt utseende, det lilla som fanns kvar. De bar söndagsklänningarna titt som tätt och hämtade vatten två gånger om dagen, vilket inte hänt sedan Tilda och Elida blev ensamma. Till och med parfymen som Rutger köpt åt dem en sommar kom fram och hade smedmästare Svensson kunnat se sina båda döttrar hade han vänt sig i graven.

De talade inte mera om Rutger och hans förslag. Det var slutpratat, det fanns inte utrymme för diskussioner för hade systrarna bestämt sig för en sak så blev det så. Punkt och slut.

På kvällen tog Elida fram kopparkitteln och räknade sina sedlar. 32 000 hade samlats i den välputsade kitteln och Elida såg nöjd ut när hon sa till Tilda:

– Man skulle kanske unna sig en ny söndagsklänning.

Tilda höll på att raka askan ur vedspisen och blev så överraskad över systerns förslag att hon drog ut askan för hastigt så ett moln av sot och askflagor for ut i köket.

För blott två månader sedan hade inte ens tanken kunnat formulera sig inne i fröknarnas hjärnvindlingar men nuförtiden föreföll inget omöjligt. Tilda blev först förvånad över systerns förslag men tanken lockade henne och eftersom de kände sig tvungna att bjuda in Alvar på kaffe en kväll skulle de nya klänningarna komma väl till pass.

Redan nästa dag stod fröknarna Svensson och väntade på elvabussen in till stan.

Det duggregnade och det var som om det efterlängtade regnet väckte sommarens dofter på nytt. De trängdes med de båda damerna i väntkuren, smekte deras bruna galonväskor och de ljust nougatfärgade skorna med perforeringar framtill.

De hade alltid haft diskreta färger på skorna. Det var nämligen så att Gud skapat dem med större fötter än vad de behövde för att klara balansen. Systrarna var i övrigt ganska proportionerligt byggda. De var omkring 160 långa och vägde 58 kilo. Ja, de var nätta i sina kroppar men sen var det ju det där med fötterna.

Redan som små hade fötterna haft en framträdande plats. När de andra barnen i skolan fick ljusa kängor till skolavslutningen hade Tilda och Elida fått bruna eller svarta.

– Dom syns mindre då, brukade mor Elna säga.

Men det var en mager tröst för två små skolflickor som ville se ut som sina kamrater.

– Får jag bara ett par ljusa kängor, kan dom få synas hur mycket som helst, hade Tilda sagt när det började närma sig examen, men det hjälpte inte. De fick varje år traska till examen i sina mörka kängor och med de vita syrenerna i händerna.

När systrarna blev vuxna och fick köpa vad de ville satt det ändå kvar inom dem och det djärvaste de vågat sig på var de ljust nougatfärgade skorna som de haft i åtta år. Fötterna såg nästan större ut nu än de gjort tidigare. Kanske berodde det på att deras ben blivit tunnare, vita och seniga. Men de gick att gå på och det var utan besvär de båda fröknarna steg upp på det höga trappsteget på buss 572 som skulle föra dem till Simrishamn.

Innan de anlände dit, kontrollerade de båda att de hade med sig vad som behövdes. Pengarna låg i säkert förvar i plånböckerna med gummisnodd om, näsdukarna låg rena och vita i väskornas små fack tillsammans med patientbrickorna om något skulle hända.

De kände sig lugna igen, stängde de guldfärgade väskbyglarna och såg i samma stund de höga husen närma sig. När de stigit av bussen vid stationen stod de först en stund som om de försökte lokalisera sig innan de tillsammans gick järnvägsgatan upp mot torget där det myllrade av köpsugna människor.

Det var många vackra saker som trängdes i de överfulla skyltfönstren och det var så mycket att Tilda och Elida blev rent förvirrade. I de två första butikerna hittade de inget. Ingen tycktes ha tid för att hjälpa dem och det var som om modet sjönk efter varje butik de besökte.

Men då såg de plötsligt en liten butik med helt vanliga skyltdockor i fönstren, så som de såg ut förr. I de andra affärerna hade skyltdockorna sett ut som mor Elna den gången då kulblixten slog ner i deras fars skrivbord. Ja, skyltdockorna i de andra affärerna var inte vackra och inte deras mor heller den där gången. Munnen var vidöppen och armar och ben stod rakt ut. Men den här affären verkade annorlunda. Skyltdockorna stod rakt, med bägge benen på golvet och munnen log. Armarna hängde graciöst vid sidorna som de skall göra. Biträdet verkade intresserad av de nyanlända kunderna och kom genast fram och frågade artigt om hon kunde hjälpa till. Hon tycktes också förstå sig på systrarnas smak för allt som hon hängde fram var lika vackert och frestande.

Tilda provade först. Inte förrän det blommiga förhänget avskilde henne från expediten vågade hon titta på prislapparna. Hon stönade högt och draperiet drogs snabbt åt sidan och expediten frågade oroligt om det stod rätt till. Först när Tilda bedyrat att hon mådde bra, föll förhänget ner igen och Tilda kunde börja den mödosamma processen med provningen. Hennes rosa, silkiga underklänning var extra svårhanterlig denna dag och den snodde sig sprakande in mellan hennes taniga ben. Egentligen hade hon inte behövt prova alla tre klänningarna för hon visste redan att det var den klarblå med blombuketterna som hon ville ha. Man fick inte tycka att man själv var vacker brukade deras far varna, men Tilda tyckte faktiskt att hon såg mycket yngre ut i den tunna, blommiga klänningen och hon skämdes inte över att hon tyckte så.

– Hur går det? säger expediten och både hennes och Elidas ögon tittar in i provhytten just som Tilda hoppar i sin egen gamla söndagsklänning.

– Jag tar den här, säger hon och räcker expediten den klarblå klänningen med de vackra blombuketterna.

– Gå du in och prova nu, säger hon till Elida och nästan puffar in henne i provbåset.

Tilda ville nämligen inte att Elida skulle få veta att hon valt den dyraste klänningen. Elida tog med sig fyra klänningar in i provbåset och under tiden betalade Tilda. Hon bad expediten om ett par tunna, ljusa nylonstrumpor också. Just när hon lämnade fram pengarna för att betala fick hon syn på ett vitt pärlhalsband som hängde bredvid kassaapparaten. Pärlorna var olika stora, skimrade så vackert och hade säkert passat utmärkt till hennes nya klänning.

– Jag tar detta också, säger Tilda efter att först ha försäkrat sig om att Elida fortfarande är kvar inne i provbåset.

– Ni har god smak, säger expediten vänligt och Tilda blir varm inombords.

Det var med lätta steg de båda systrarna lämnade affären med var sin stor plastpåse i handen.

När de var på väg nedför Storgatan mot hamnen, passerade de ett konditori. Båda stannade upp men ingen sa något. Först när en kund öppnade dörren till konditoriet och kaffedoften ringlade sig in i deras näsor bestämde de sig. Ja, de sa inget, diskuterade inte, utan gick helt resolut in. De hade allt förändrats systrarna Svensson, det hade de. Det var säkert 30 år sedan de senast besökte ett konditori. Varsin mazarin beställde de in, men de behöll tänderna på under tiden de njöt av sitt kaffe. Konditoriet var lyxigt inrett med röda sammetstapeter, röda plyschgardiner och stora speglar med guldramar. Då och då kunde systrarna se en skymt av sig själva i någon av de många speglarna, men de fanns ju runtomkring så de kunde ju inte undvika dem. De kom med sista bussen hem 17.10, fröknarna Svensson och deras nya klänningar samt de nya köksgardinerna som de hittat på realisation när de lämnade konditoriet. Men strumporna och halsbandet tordes inte Tilda nämna ännu. Det var tids nog.

Spisen var svår att få fyr i denna kväll men när elden äntligen tagit sig, så spred sig värmen så skönt i det lilla köket. Först öppnade Tilda spisluckan för att kontrollera att det verkligen brann och sedan gjorde Elida sammalunda. Ingen av dem visste att den andra, i samma sekund hon öppnat luckan, kastat in sin prislapp för att undanröja bevis.

Lågorna slickade i sig de båda prislapparna märkta med priserna 529:– och 538:-. Det var deras största investering någonsin på kontot för flärd och än en gång skulle smedmästare Svensson vara glad över att han redan låg i sin grav.

KAPITEL 6

Tilda och Elida hade mycket att stå i den dagen då Alvar skulle komma in på kaffe. De bakade och flängde runt som äggsjuka hönor. För säkerhets skull diskade de finkopparna eftersom det var länge sedan de användes. Alvar var bjuden till klockan sju, men klockan sex stod allt framdukat i vardagsrummet. Den stora handbroderade duken syntes knappt för alla kakfat. De skira servetterna var instuckna i kopparnas öron, ja kaffebordet var en ren fröjd för ögat.

Sedan systrarna lagt sista handen vid dukningen övergick de till den mera personliga utsmyckningen, om man så får säga. De värmde först vatten på AGA-spisen, vatten som de sedan använde för noggrann tvättning. Därefter kom de nya klänningarna på och Tilda hade efter mycket våndor bestämt sig för att ta på det nya halsbandet. Det gick bättre än hon väntat. Elida nämnde inte ett ord om det, inte ett enda ord. Men hon såg det, det märkte Tilda, ja hon riktigt blängde på det, men inte ett knyst sa hon och inte Tilda heller.

Klockan halv sju försvann Tilda ut till brygghuset och kom tillbaka med en locktång. Hon såg generad ut och sa snabbt innan Elida hann före:

– Det är ju bra synd att den bara ligger där ute till ingen nytta.

– Ja, det har du kanske rätt i, där är säkert värme på spisen så det räcker, säger Elida.

Det var nämligen en locktång av den gamla sorten, av järn som man värmer direkt på spisplattan och sedan krullar med.

Medan Elida lade tången till värmning rafsade Tilda ur ett par slingor från sin knut, slingor som hon tänkte krulla vid öronen.

När locktången var varm, tog hon först och knep ihop tången över ett tidningsblad som hon sett sin mor göra. Tidningsbladet fick en liten brun, bränd upphöjning och sedan var det dags att snurra det grå håret kring locktången och bara vänta. Det var en välbekant doft som spred sig i köket. Det doftade bränt hår som det gjort varje skolavslutning under fröknarna Svenssons skoltid. Då singlade man slant om vem som skulle lockas först.

Det torra håret blev allt torrare och stod nu som spunnet socker vid Tildas öron, men hon såg nöjd ut med resultatet. När båda var färdiga, skvätte de var sitt stänk parfym bakom örat och sedan var det bara att vänta.

Kaffevattnet kokade redan på spisen men de ville vänta med att brygga det tills minuterna innan, det skulle vara nylagat och gott.

Systrarna satt stelt uppradade på kökssoffan, så fina att de knappast vågade röra sig.

De nya köksgardinerna var upphängda och ingen sa ett ljud. De tyckte inte om tystnaden annars, men just i kväll var det som om båda bara njöt, inte bara av tystnaden utan också över det vackert dukade kaffebordet, sin egen prakt, de nya köksgardinerna och över det faktum att Alvar Klemens, byrådirektör från Sundsvall, snart skulle kliva över deras tröskel.

Och han kom in genom dörren, prick klockan sju, lång och ståtlig och med guldringarna på fingrarna och en chokladkartong med till sina grannar.

Trots att Alvar bott i Borrby i snart sju veckor hade han inte besökt sina grannar tidigare. Tilda och Elida hade däremot varit hos Alvar två gånger. Första gången utan inbjudan när de skulle diskutera brunnen och en gång efter inbjudan till en kopp kaffe och en smörgås.

Alvar steg in i köket, tittade sig omkring och utbrast:

– Här sparas minsann inte på värmen!

Och man såg att ett par svettpärlor redan hade börjat blänka i hans panna.

– Sommaren börjar gå till ända och fukten vill vi inte ha in och så har vi gott om kol och ved, säger Tilda.

Alvar svarade inte utan tittade sig nyfiket omkring.

– Ett gammalt fint hus, säger han och det hörs att han menar det.

– Du vill kanske gå husesyn, säger Elida och märker att det är första gången som hon duar Alvar.

- Äsch, här är ju inte mycket att se, säger Tilda generat. Det är bara köket och så vardagsrummet, hon gör en gest.

Alvar pekade på dörren till föräldrarnas sovrum.

– Men här då?

– Det används inte, vi har plats ändå så det räcker, säger Elida. Men vill han, kan han väl få titta, tänker hon och öppnar dörren medan Tilda börjar brygga kaffet.

Elida blev nästan generad över den uppskattning rummet får.

– Det var rejäla grejer det här, säger Alvar och slår i gaveln på järnsängen. Han synar den noga.

– Det är nog en gammal engelsk järnsäng, säger han och får i samma stund syn på lavoaren. Han lyfter på handfatet, slår med fingrarna mot kanten och vänder på det medan han studerar stämpeln i botten.

– Gammalt fint Rörstrandsgods, jo jag tackar, är nog värt minst en långschal.

Men schalar hade Tilda och Elida vad de behövde och så trivdes de bäst i de gamla hemstickade koftorna. Så handfatet det fick allt stå på sin plats i deras livstid, tänkte Elida. Ja, han var allt intresserad Alvar Klemens. I vardagsrummet lyfte han också på många föremål och nickade leende mot Tilda och Elida och de var stolta över att han föreföll så imponerad över deras enkla boning. Men om fröknarna Svenssons klänningar och de nya köksgardinerna sa han inget, men han tittade uppskattande på dem, det gjorde han.

Systrarna räckte kakfaten, slog upp kaffe, trugade och bjöd. De kände sig inte nöjda förrän Alvar tagit av alla sju sorterna. Alvar verkade nöjd långt innan, men han åt av alla. Tilda gick ut för att brygga mera kaffe och just när de sista dropparna runnit ner genom den gamla tygpåsen kom Elida ut till henne i köket.

– Vi skulle kanske bjuda på ett glas sherry, säger hon.

– Gör det, säger Tilda och ler mot systern.

Nej, det var inte ett ironiskt leende, om ni trodde det. Nej, det var vänligt och hon menade vad hon sa.

Ångan från det kokande kaffevattnet hade fått Tildas lockar att börja rakna vid öronen men det såg hon inte, tack och lov.

Klockan nio var kakfaten nästan tomma och det fanns bara en liten skvätt sherry kvar på flaskan. Ja, den var ju knappt halvfull från början, men ändå.

Alvar hade berättat om utlandsresor han gjort. Om episoder från sina arbetsplatser och Tilda och Elida hade inte skrattat så hjärtligt på länge. Ja, de skrattade ibland så att de hade svårt för att hålla sina tänder på plats. De satt ganska stadigt i vanliga fall men när det kilade sig in kaksmulor under plattorna till gommarna så kunde det ibland vara besvärligt att få dem att sitta.

Alvar berättade också att han ämnade bosätta sig permanent i Borrby när han pensionerat sig och det gladde givetvis fröknarna sig särskilt åt, för på vintern var där tomt och trist i Borrby och tiden sniglade sig fram när man inte hade trädgården och dess frukter och bär att sköta.

Först klockan elva bröt Alvar upp. Han gav sina båda grannar en kyss på kinden innan han gick och det var en kväll som fröknarna Svensson sent skulle glömma, om de någonsin skulle göra det.

Dagen efter sov Tilda och Elida till klockan åtta, något som aldrig hänt tidigare. Men så hade de också kommit i säng ovanligt sent. När Alvar gått röjde de upp, diskade och skall sanningen fram så tog de var sitt glas sherry till och smakade på den goda chokladen som Alvar köpt med, men först hade de förstås rullat ner gardinerna. De ville alltid ha fint i huset innan de gick till sängs. Det hade de efter mor sin. "Uppskjut aldrig till morgondagen det som du kan göra idag". Så sa alltid deras mor och de orden hade barnen tagit fasta på.

När Tilda nästa morgon gick ut för att slänga tvättvattnet över buskarna, som hon brukade göra, märkte hon att sommaren höll på att fly sin kos. Natten hade varit kall och daggen låg fortfarande kvar som ett skyddande hölje över trädgården. Löjtnantshjärtana var så tunga av daggdropparna att grenarna nästan släpade i marken. Ja, många vackra perenner fanns i trädgården så inköp av petunior och andra sommarblommor var alldeles onödigt. Men de var mycket imponerade av Alvars petunior. Aldrig någonsin hade de sett maken till blomsterprakt. Man såg knappast bladen för bara blommor. Likadant var det med alla hans blommor. På eftermiddagen såg Elida att Alvar hällde ner något bland sina blommor och nu förstod hon att de inte blommade så rikligt av bara brunnsvatten.

På eftermiddagen knackade det på dörren och Tilda och Elida rusade båda bort för att öppna. Deras leenden slocknade när de såg en medelålders kvinna på trappan, iklädd en liten ful hatt och en gammal nött portfölj.

– Jag kommer från Jehovas vittne, säger kvinnan och håller fram en liten blå bok.

– Vi skall inget ha, säger Elida bestämt. Vi har vår egen sanna gudstro, så det så.

– Men denna bok har tillägnats den Gud som är nådig mot alla dem som söker hans livgivande sanning. Ni vill väl ha ett evigt liv?

– Ja det är klart, säger Tilda och får i samma stund en spark på skenbenet av Elida.

Elida nästan knuffade ut kvinnan på gården och låste sedan snabbt dörren.

– Varför sa du att vi ville ha ett evigt liv, säger Elida ilsket.

– Det vill man väl ha, säger Tilda oförstående.

– Begriper du inte att man inte skall hålla med, då blir man aldrig av med dom.

Systrarna drogs som magneter bort mot köksfönstret för att se om kvinnan skulle gå in till Alvar. Det gjorde hon. Alvar log mot henne och visade henne in.

– Bara han har förstånd att akta sig, säger Tilda oroligt, man vet inte med sådana skenheliga typer.

Den gamla klockan ovanför kökssoffan tickade ihärdigt men i övrigt var det tyst i köket och stämningen förtätad. Fröknarna sträckte på sina redan långa halsar borta vid fönstret, de såg ut som ett svanpar där de stod. När de stått totalt orörliga i tjugo minuter trodde man nästan att halsarna fastnat på något sätt, att kotorna gått ur led, men så plötsligt sjönk Tildas huvud ner, som en domkraft efter uträttat verk. Ja, i ärlighetens namn skall sägas att huvudet sjönk ner längre än brukligt, det nästan vilade på axlarna.

– Men han kan väl inte vara sån?

– Vadå sån? säger Elida irriterat.

– Sådant där vittne för han dricker ju sprit och röker cigarr ibland.

– Men fruntimmer håller han sig inte med, säger Elida vasst.

– Men HON då, säger Tilda uppgivet och pekar mot Alvars hus.

Elida fnös så att de nya köksgardinerna viftade till av luftdraget.

– Inte tror du väl att han skulle, ja, med henne?

– Vi skulle kanske gå ut och sätta oss på bänken, sommaren är ju snart slut och vi har knappast utnyttjat den ännu, säger Elida.

Tilda och Elida tog sina hemstickade koftor på sig och gick ut och satte sig på bänken.

– Det blir många augustipäron i år, säger Elida.

– Ja, svarar Tilda entonigt. Flera än i fjol.

– Men jordgubbarna blev inte så bra i år, fortsätter Elida.

– Nej, dom var finare förra året, svarar Tilda med samma entoniga röst.

Ja, samtalet gick trögt. Kanske berodde det på att bänken stod så att säga åt fel håll. De satt med ryggen snett emot Alvars hus och var därför tvungna att sitta med sina huvuden i en obekväm vinkel åt vänster för att kunna hålla kontroll över när fruntimret skulle lämna Alvar.

Hade smedmästare Svensson inte befunnit sig ett par fot under jorden hade han sagt att de bar sig åt som två skrånackar. Han brukade säga så när någon gjorde något som inte behagade honom. En enda gång hade han också sagt så åt sin hustru Elna och till och med bifogat ett kraftuttyck.

– Din skrånackade idiot! hade han sagt, men så hade hon också klippt av samma byxben två gånger, när hon skulle lägga upp hans nya söndagsbyxor. Tre centimeter hade hon mätt att hon skulle klippa av och det gjorde hon. Först en gång på vänstra benet, men när hon skulle klippa tre centimeter på det högra också, hade hon blandat ihop byxbenen och klippt tre centimeter av det vänstra byxbenet en gång till. Hon hade fått sy på remsan igen men han kände sig aldrig fin i sina byxor, det gjorde han inte.

– Ser du Molins stora, svarta hankatt borta bland Alvars blommor, säger Tilda med förfäran i rösten.

– Och han äter av jorden, nästan stönar Elida.

Elida kom på vad hon sett tidigare under dagen och berättade för Tilda att Alvar hade slängt ner något åt sina blommor.

– Det var väl gödning, svarar Tilda. Tänkte väl att han gjorde något med dom.

Deras samtal tystnade tvärt. Bar katten inte sig underligt åt sedan han ätit av krukans innehåll? Han kråmade sig vid pumpen, strök sig längs kanten, sköt rygg och jamade som en marskatt.

– Han är väl aldrig sjuk, säger Tilda och i samma stund tar katten ett språng, sprätter i gräset och får syn på Erlandssons honkatt Majsan. Majsan hann inte reagera förrän Molins stora, tjocka hankatt kastade sig över henne och det han gjorde generade fröknarna Svensson så, att det brände ända ut i örsnibbarna. Men de tittade likväl storögt under hela kärleksakten. Efter det att hankatten lämnat Majsan, stod hon förvirrad kvar på gräset som om hon inte hunnit fatta vad som hänt. Samtidigt som Majsan förvånat smög sig in i häcken öppnades Alvars dörr och vittnet begav sig därifrån.

Trots att fröknarnas öron nästan formade sig som strutar, kunde de inte höra vad som sades. När kvinnan försvunnit får Alvar syn på sina grannar, vinkar glatt och går fram till häcken för att säga goddag.

– Tackar så mycket för senast, säger han och skickar iväg en slängkyss över häcken.

– Väl bekomme, säger systrarna i mun på varandra.

– Tänka sig att sådana får gå lösa, skrattar Alvar och pekar åt det håll där kvinnan just försvunnit.

– Jaså HON, säger Elida lättad.

– Men roligt tycker jag det är att argumentera med dom. Sätta dom på plats och låta dom förklara. Evigt liv, vilket skitsnack.

– Ja, säger Tilda men känner Elidas vassa blick i sidan.

Om blommorna och katterna nämnde de inget för pulsen slog fortfarande extra kraftigt efter vad de sett.

– På lördag är dom lovliga, säger Alvar plötsligt och Tilda och Elida kippar efter luft.

Har hon någon väninna den där kvinnan, tänker Elida, dom hade nog misstagit sig på Alvar. Lovliga, så vulgärt. Modet sjönk på nytt.

– Kräftorna. Dom är lovliga på lördag, säger Alvar när han ser deras oförstående och nollställda anletsdrag.

Än en gång pustade systrarna ut.

– Tror du han kan äta kräftor också, Alvar? säger Elida när hon i mörkret stod och väntade på Tilda utanför utedasset på kvällen. Ja, de följs alltid åt sista turen på kvällen. Man vet aldrig när det är mörkt och på sommaren när det finns så mycket konstigt folk i Borrby.

– Det kan han nog, stönar Tilda från dasset och tänker att det är allt bra tur att det är mörkt, så hon slipper se om det kommit något blod. Hemorrojderna hade visserligen börjat läka men just i kväll kändes de faktiskt lite ömma.

När de båda uträttat sina behov traskade de sida vid sida in i det varma köket. De vek prydligt ihop sina hemstickade koftor. Lade dem i sina plastpåsar och lade in dem i skrubben i köket.

Det där med plastpåsarna är mest för malens skull. Visserligen har man inte sett till mal på de senaste 30 åren men de är försiktiga fröknarna Svensson och rädda om sina ägodelar.

De somnade sent denna kväll men så hade ju också dagen varit händelserik med både Jehovas vittne och den kärlekskranka katten. Det finns nog något livgivande i Alvars blommor, tänkte Tilda i samma sekund som hennes ögonlock slöts. Ute runt huset började sommaren ta slut. Vinden ruskade om i de sista blommande buskarna och augustipäronen riktigt svällde på sina grenar. Dörren till utedasset gnisslade i blåsten. De lade förstås alltid på haspen men den var lång och satt löst, så vinden hade fritt spelrum. Men där inne i köket gav rörstocken just ifrån sig sina tre knäppningar vilket betydde att den börjat kallna. Under sticktäckena låg Tilda och Elida i sina fotsida, blommiga flanellsärkar och båda log sina tandlösa leenden i sömnen.

KAPITEL 7

Morgonen därpå ringde Rutger och talade om att det blivit höst. Han påminde dem om snöskottningen som snart väntade, svårigheterna med att få värmen att bli kvar i huset och den dagliga vattenhämtningen vid brunnen. Allt som han tidigare tyckt var så charmigt ansåg han nu vara oöverstigliga hinder för sina systrar. Elida hann inte svara, utan lät honom spy ut sin galla över Borrby 13:83. När han slutat och fortfarande inte hörde Elidas röst ropade han:

– Hallå! är du där Elida?

– Jodå, jag är här och tänker stanna kvar tills dödagar, så nu vet du det.

– Men!!

– Är det bara sådant trams du ringer om kan du lika gärna låta bli.

– Men det är för ert eget bästa.

– Vi vet vad som är vårt bästa, så vi stannar.

Rutger kände sig för första gången lite snopen när han pratade med sin syster. Hade hon inte fått en vassare ton på gamla dar? Men det värsta var ju att han lovat sin hustru att de redan nästa sommar skulle flytta in i sitt nya sommarhus. Han hade alltid haft en magisk makt över sina systrar. De brukade lita på honom och göra som han sa. Han kände sig med ens osäker och han förstod att det var lönlöst att diskutera vidare.

– Hur är det med Tildas värk då, fortsätter han.

– Åjo, hon jämrar sig inte, så det har väl knappast förvärrats, svarar Elida.

Rutger kände liksom att han måste tala om något mera alldagligt för att släta över.

– Frukten och bären då?

– Jodå, augustipäronen blir många i år, men med jordgubbarna har det varit si och så. Men vi klagar inte, vi har så vi klarar oss.

– Du får hälsa Tilda, avslutar Rutger.

När han lagt på telefonluren lutade han sig tillbaka i den stora, vippande skinnfåtöljen på redaktionskontoret. Framför honom på det glänsande mahognyskrivbordet låg redan ritningarna på omändringarna av hans gamla föräldrahem. Planer på hur väggar skulle flyttas, var den öppna spisen skulle stå, utrymme för bastu, tvätt mm. Han suckade tungt och förstod att det inflytande han haft över sina båda systrar var i avtagande. Men han kunde inte förstå varför. Började han kanske bli gammal och osäker i rösten, eller var det systrarna som börjat bli senila och inte längre kunde ta åt sig vad han sa. Nåväl, det var i alla fall tidens gång vilket det än var och något sommarhus nästkommande sommar skulle det inte bli, det förstod han.

Rutgers samtal oroade systrarna och en stor del av dagen gick åt för att diskutera huruvida Rutger med laglig rätt skulle kunna tillskansa sig deras fastighet. Först efter att ha letat fram de gulnade dokumenten om lagfart och annat kände de sig lugna. Ja, nästan på stridshumör. Nu kunde de hävda sin rätt, hade till och med papper att visa fram. På eftermiddagen följdes Tilda och Elida åt till handelsboden. Det var inte mycket de behövde i sitt lilla hushåll men de handlade varje dag.

De stod just och provsmakade en bit lagrad prästost men den var så stark att deras tungor nästan kryllade ihop sig, så de bestämde sig för en bit mild herrgårdsost istället.

När de sedan med sina långa, smala fingrar stod och klämde på bröden för att finna de färskaste kom Alvar in i affären. Han såg inte sina båda grannar utan gick bort till biträdet.

– Kan jag få beställa fyra tjog kräftor till lördag och svenska skall dom vara.

Elida blev så överrumplad av vad hon hört att hon körde pekfingret rakt igenom plasten på ett av brödpaketen och fingret plöjde sig halvvägs in i det mjuka brödstycket.

– Fyra tjog, viskar Tilda till Elida, då skall han nog ha främmande.

– Schy! tystar Elida.

Tilda hade haft svårt att viska sedan hon fått sina köpetänder. Det uppstod liksom ett visslande ljud som gjorde att det hördes så tydligt vad hon sa.

– Tio pain riche, kan ni ordna det också? frågar Alvar vänligt och biträdet nickar och antecknar.

Så fick Alvar syn på sina båda grannar.

– Men vad skådar mitt norra öga, är det inte mina förtjusande grannar som är ute på shoppingtur. Bra vi råkades, jag tänkte nämligen fråga om jag får den äran att inbjuda er till en liten enkel kräftfest i min trädgård på lördag klockan sju.

– ÅÅH, säger Tilda och Elida i mun på varandra, GÄRNA.

När de gick hem längs bygatan, med var sin varukorg, var det precis som om de vuxit ett par centimeter var.

– Såg du Karna Bengtssons min va, säger Tilda, när vi blev bjudna på kräftkalas till byrådirektör Alvar Klemens.

– Ja, så kunde hon minsann gott ha det, Karna Bengtsson, säger Elida. Hon har alltid varit så högfärdig men nu har vi allt satt henne på plats och det ordentligt.

Men enbart glada var fröknarna Svensson inte, en liten kil av oro hade sprängt sig in i deras upprymda sinnen.

– Vem tror du kommer mer? säger Tilda oroligt.

– Ja, fyra tjog, det är många.

– Och inte vet vi hur man skall äta dom heller.

Hade det inte varit för det där samtalet med Rutger i morse så kunde de ju ringt och frågat honom, men de bestämde sig för att klara av det här på egen hand, dumma var de ju inte och de kunde alltid tjuvtitta lite på hur de andra gjorde.

– Vi skulle kanske köpa oss var sin ny klänning till festen, säger Elida senare på kvällen.

– Är du tokig, utbrister Tilda bestört, vi har ju nyss köpt.

Nåja, Tilda hade nog rätt, tänkte Elida. Men pengar hade dom ju, så de kunde ifall de ville.

En sak oroade systrarna inför festen och det var det där andra som Alvar beställt, det som han skulle ha tio stycken av. Pannrigt eller vad det nu hette. De tittade i sin fars gamla uppslagsverk men hittade ingenting som stämde.

– Vi får ta det som det kommer, lugnade Tilda.

Fröknarna Svensson tyckte att de fått ett nytt värde sista tiden. Alvar frågade dem ofta till råds om olika saker. Hur han skulle förfara med bären och bärbuskarna och hur han skulle klippa fruktträden till hösten. De svarade snabbt och kunnigt och de var stolta över att kunna något som Alvar inte kunde.

Just som de denna kväll höll på med sina nattförberedelser kom Alvar gående mot deras hus. Systrarna kastade sig över vattenglasen på spisen och satte snabbt in sina tänder. Han hade kommit till dem flera gånger senaste veckorna och han knackade numera bara tre gånger på dörren och steg sedan in. Han tyckte det var onödigt att de skulle släppa vad de hade för händer för att öppna åt honom. Denna kväll lade han ett par fina byxor över den rutiga köksduken. Han pekade på en stor fläck på ena benet.

– Jag har försökt med allt, men den sitter som nitad i tyget.

Systrarna granskade fläcken och skrapade lite försiktigt med sina naglar på den.

– Jag tänkte, ja, ni klarar ju det mesta så, säger Alvar.

– Nog har vi våra specialknep alltid, säger Elida, men den verkar inte lätt den där.

Hon virrade på huvudet och tittade på fläcken.

– Ni tycker kanske att jag besvärar för mycket, säger Alvar och det hördes att han menade vad han sade.

– Åh, inte alls, tvärtom, säger Tilda, det är alltid trevligt med besök.

– Ja, men jag sätter er ju i arbete också, säger Alvar.

– Ett kärt besvär, säger Elida som redan hade börjat blanda till något borta vid vasken.

Tilda satte på kaffevatten och Alvar tittade imponerat på Elida när hon blandade ihop smörjan i en liten skål.

– Det är mor som lärt oss det, säger Elida och det är inte många fläckar utan de givit efter när blandningen fått verka på tyget en stund.

– Tandkräm! säger Alvar bestört.

– Jojomen, svarar Elida stolt. Tandkräm, en tesked salt och så lite såpa, det brukar göra susen.

Elida smorde försiktigt in fläcken med blandningen.

– Såja nu skall det bara verka och lösas upp.

Under tiden hade Tilda satt fram kaffekoppar och skorpor på bordet och kaffet doftade ljuvligt.

– Det är inte mycket huset förmår, men håll till godo med det vi har, säger Tilda.

– Kvällskaffe också, ja, jag säger då det, ni skämmer då alldeles bort mig. Förstår inte hur jag skall klara mig när jag kommer till stan igen.

Tilda och Elida log brett och ljuvt, de kände att de var till någon nytta och det var en helt ny känsla. De njöt av den, det gjorde de verkligen.

– Doppa om du vill, säger Elida och snart sitter alla tre och doppar och sörplar i sig skorporna.

Alvar trivdes med den okonstlade umgängesformen som uppstått mellan dem. Han trivdes med lugnet i byn och han trivdes med fröknarna Svensson det var inte att ta miste på.

– Det var ovanliga koppar, säger Alvar. Är dom gamla?

– Dom är väl så där en 50 år minst, säger Elida och dom har sin egen historia.

Hon tittade roat mot Tilda som rodnande tittade ner i knät.

– Så spännande, säger Alvar och han slutar upp att tugga.

De båda fröknarna började fnissa som två skolflickor. Alvar började också att skratta fast han inte visste vad det rörde sig om ännu.

– Men berätta då, säger han otåligt.

– Usch, det är så pinsamt, säger Tilda.

– Men det är så länge sedan, säger Elida för att förmå Tilda att berätta.

– Jo, det var så att, börjar Tilda tvekande. Usch jag skäms.

– Har man sagt A får man säga B, säger Elida och så berättade Tilda historien om kopparna.

– Jo ibland när jag hjälpt till som kokerska vid kalasen i byn så tjänade jag en extraslant. Jag var väl i 20-årsåldern och hade börjat att samla till min hemgift. I byn fanns på den tiden en exklusiv bosättningsaffär och dom hade just fått hem dom här engelska kopparna. Dom var mycket dyra och det gick bara an att köpa en kopp då och då. Kvinnan som ägde affären var en vad man här ute kallar sladderkärring. Hon höll reda på allt och alla, men i affären var hon vänligheten själv. Det var bara jag och en flicka till i byn som samlade på dom dyra kopparna. Det var efter en av de stora julfesterna i byn, när jag fått lite extra pengar som jag skulle gå till bosättningsaffären för att köpa min 6:e kopp. ”Snart är dussinet fullt”, sa fru Björk, som ägde affären. Så sa hon varje gång från och med att jag köpt den 3:e koppen. "Åja", sa jag som vanligt, "det dröjer allt, de är ju inte så billiga." Så kom jag hem med min kopp som låg paketerad i en liten låda.

Alvar tittade spänt på Tilda och väntade på fortsättningen.

– Inte förrän till nyår öppnade jag lådan för att sätta in koppen bland de andra i skåpet. Det var då jag upptäckte det fruktansvärda misstaget. Fru Björk hade inte uppmärksammat att det kommit med två tefat i paketet. Jag minns, att jag kände mig helt förfärad, ja som en tjuv. Sedan tänkte jag att det var ovanliga koppar och att vi bara var två som samlade på dem. Fru Björk som sladdrar så våldsamt hade kanske redan basunerat ut i byn, att jag var en tjuv tänkte jag. Jag bestämde mig för att redan nästan dag gå till fru Björk och lämna tillbaka tefatet, men så kom mina kusiner på besök och så föll det i glömska. Först en hel månad senare kom jag att tänka på fatet igen och då kände jag att det var för sent. Jag vågade helt enkelt inte gå dit. Men det fanns kvar inom mig hela tiden. Ibland kunde jag vakna på nätterna av att jag drömde att polisen kom för att hämta mig. Jag visste inte heller hur jag skulle gå till väga för att få dussinet fullt, för kopparna fanns inte att få någon annanstans. Jag visste att jag aldrig mera skulle våga gå innanför dörrarna till bosättningsaffären.

– Men hur gick det sedan, säger Alvar som för att skynda henne till poängen som han förstod skulle komma eftersom Elida hade svårt för att hålla sig för skratt.

– Till pingst och påsk arbetade jag och till midsommar, men ingen av gångerna vågade jag mig till affären för att inhandla en kopp för mina extrapengar. Så när julen kom började jag bli rädd för att kopparna skulle ta slut och att fru Björk inte skulle få hem nya. Då beslutade jag mig för att nu fick det bära eller brista, jag skulle dit. Jag darrade i hela kroppen när jag öppnade dörren och så stod jag där, mitt i affären och väntade på min tur. Plötsligt hör jag fru Björks viskande röst i mitt öra. Nu tänkte jag, nu, säger hon det och jag minns att jag var nära att svimma. Men så kände jag att hon stack något kallt i min hand. Hon lutar sig närmre mitt öra. "Jo, fröken Svensson", viskar hon. "Det har blivit något fel i leveranserna från England, jag har upptäckt att jag har fått en kopp utan fat här och jag tänkte att fröken Svensson kunde få den lika bra som den bara står här." Jag svarade inte, det kändes som golvbrädorna öppnade sig, hela golvet gungade. "Det kan vara bra att ha en extra kopp om någon av de andra går sönder!" Så stod jag där med en ny, blänkande kopp. Fatet hade jag därhemma och jag kunde inte förmå mig att säga något.

Alvar skrattade så de trodde rent av att han skulle fördärva sig. Ja, Tilda och Elida skrattade också så att tårarna rann i deras skrynkliga ansikten. Alvar kunde inte sluta skratta och så mycket skratt hade nog aldrig funnits på en gång mellan väggarna i det lilla köket. Alvar stönade:

– Det var det roligaste jag hört! Ha Ha Ha.

Han torkade bort svettdropparna från pannan och lyfte upp koppen.

– Fina är dom!

– Och dussinet blev det till slut, säger Tilda, än om dom aldrig kom längre än till Borrby 13:83, för gift blev jag ju aldrig. Det sista sa hon förstås inte högt.

– Nu skall vi se på byxorna, säger Elida.

Hon hämtade en nagelborste och borstade försiktigt på den torra blandningen och se, fläcken var borta.

– Men titta, säger Alvar häpet, den är borta.

– Ja, effektivt är det, säger Tilda och så skrattade de igen alla tre.

Elida tog lite ljummet vatten från kitteln på AGA-spisen,

doppade ena snibben av en handduk i vattnet och baddade lätt bort de sista spåren av den välgörande krämen från byxorna.

– Vad var det jag sa, säger Alvar. Jag förstår inte hur jag skall klara mig utan er när jag flyttar tillbaka till stan.

När Alvar gått satt de båda systrarna kvar en bra stund vid köksbordet. De talade om hur tomt det skulle bli när Alvar åkt hem, men det var ju tio dagar dit så de bestämde sig för att hålla modet uppe så länge, sen fick de se.

Båda kände nämligen någonstans, långt inne, att vintern ändå skulle bli annorlunda än andra vintrar, men det var kanske tur att de inte visste hur annorlunda den skulle bli.

KAPITEL 8

Lördagen kom med strålande solsken, till och med värmen hade kommit åter, inte för att stanna det förstod man, sommaren var förbi, oåterkalleligen, men i kväll var vädrets makter gynnsamma och det var alla glada över.

Rutger ringde hem till sina systrar på eftermiddagen för att höra hur de mådde.

– Jodå, vi mår bra, säger Elida men vi har lite bråttom för vi skall till byrådirektör Alvar Klemens på kräftmiddag.

– Vad skall ni?

Elida fick upprepa vad hon sagt, men Rutger verkade inte som om han förstod ändå.

– Får jag prata med Tilda, det var ju ett bra tag sedan jag talade med henne.

I sanningens namn var det inte för att han ville tala med Tilda som han sa så, utan för att han misstänkte att det bara var Elida som blivit vimsig. Båda kunde väl inte gå åstad och bli tyntiga på samma gång menade han.

– Hon är upptagen, hon krullar håret, svarar Elida.

Nej, nu har de blivit skvatt galna, tänkte Rutger. Jag får allt åka ut och se hur dom har det.

– Vi ringer i morgon, säger Elida och slänger på luren.

Rutger satt en lång stund med telefonluren i handen.

– Men älskling vad är det? säger hans hustru Marianne.

– Det är Tilda och Elida. Dom är alldeles galna.

– Hurså? frågar hon och täckte sina långa naglar med ilsket rött nagellack.

– Dom skulle på kräftfest till en byrådirektör Klemens och Tilda höll på att locka håret, så ingen av dom hade tid att prata.

– Men då så, säger Marianne lättad. Är dom galna kan vi få in dem på LSPV, så är huset vårt.

– Vadå LSPV? undrar Rutger matt.

– Lagen om sluten psykiatrisk vård. Kan vi bevisa att dom blivit galna, nåja så senila att dom inte kan ta vara på sig själva, så kan en läkare utfärda ett vårdintyg, du blir förmyndare och så, du förstår väl älskling. Va?

Ja, Marianne hade sjukvårdsutbildning i botten så hon visste vad hon talade om.

Hon gick bort till Rutger. Hon plöjde med sina långa naglar genom hans tunna hår.

– Jag hoppas att dom är galna men jag tror det inte. Det är något annat, säger Rutger.

– Vadå?

– Jag vet inte, men det är något som inte stämmer. Locka håret.

Rutger fnös.

– Dom har minsann aldrig varit flärdfulla i unga år och så nu.

– Du är utarbetad Rutger, säger Marianne med sammetslen röst, du är utarbetad och det vet du. Vi kunde åka till Franska Rivieran, bara du och jag.

– Jag kan inte ta ledigt nu Marianne och det vet du, säger Rutger irriterat och slår upp en stor grogg.

– Men tänk dig Rivieran, sol, bad! Rutger, kan du inte ta ledigt, det skulle vara nyttigt för både dig och din kropp.

– DET ÄR INGET FEL PÅ MIN KROPP, vrålar Rutger och satte grogglaset så häftigt ifrån sig att groggen skvalpade över på det rökfärgade glasbordet.

Rutgers kropp hade blivit ett känsligt samtalsämne den senaste tiden. Inte så att Marianne klagade direkt över hans prestationer i den breda DUX-sängen men hon hade undrat flera gånger den senaste tiden om det var något särskilt med Rutger, om han hade någon älskarinna eller så. Han var glad över att han de gånger hon frågat, kunde titta henne rakt i ögonen och bedyra att det bara fanns hon. Det där med kroppens avtagande styrka oroade givetvis Rutger mycket och han var dessutom trött och ovanligt känslig just nu.

– Jag menade inte så, förklarar Marianne ångerfullt när hon förstod att hon återigen klampat in på ett känsligt område. Mig gör det inget att du börjar bli äldre.

– JAG ÄR INTE GAMMAL, skriker Rutger och slog groggen ytterligare en gång hårt mot bordskivan.

– Men Rutger då!

– Jag är inte gammal, jag är inte impotent och jag tänker inte åka till Franska Rivieran.

Rutger tog groggen med sig, gick in på sitt arbetsrum och smällde igen dörren. Han låste den också, något han inte gjort på många år. Inte sedan han hade den där historien med sin sekreterare. Låt se, det var minst femton år sedan. Då låste Rutger ibland in sig för att få lugn och ro få tänka och bara sitta och drömma.

Då trodde Marianne att han hade övertidsarbete med sig hem och både hon och barnen var tysta som möss för att inte störa. Nu satt han där igen, ensam med sin grogg, men denna gång med ett fläckfritt samvete eftersom han inte haft någon annan kvinna än Marianne sedan historien med sekreteraren, som hade varit kort men intensiv.

Ja, förr hade han haft kapacitet, både hemma i DUX-sängen och vid sidan om så att säga. Ja, inte vid sidan om sängen förstås men parallellt, i andra sängar. Ja det rann snabbt till på den tiden, men just nu kände han sig som en gammal kossa som stod i sin. Men han kände att Franska Rivieran inte skulle lösa hans problem och någon annan kvinna kände han ingen dragning till, för det brukar ju annars få fart på känslorna. Men något måste göras, för självförtroendet började naggas i kanten och det var något som skrämde Rutger, mer än något annat. Han stjälpte i sig groggen, rakt upp och ner och kände det svalkande, starka försvinna, rakt ner genom strupen. Det var inte bara det med potensen som oroat Rutger sista tiden. Han märkte själv att han allt oftare tog sig ärende till barskåpet. Det hade han visserligen alltid gjort, men förr satt han och njöt av groggarna, läppjade och njöt av smaken. Sista halvåret hade han som nu, hällt den rakt i sig, inte ens hunnit få smaken i munnen utan bara eftersträvat den behagliga känslan som kom efteråt, då kroppen kändes tung och avslappnad. Rutger försökte slå bort alla dystra tankar. Han tittade ut genom det stora panoramafönstret, ut mot den stora trädgården. Ja, nog var hösten på väg alltid även om det just idag var en strålande sensommarlördag. Det skymde fort på kvällarna, dagarna blev allt kortare och augustimånen stod stor och rund på himlen.

Månen spred inte bara sitt sken över Rutger och Marianne i Örebro utan också över det lilla samhället Borrby. Det var mer än månen som sken denna augustikväll. Fröknarna Svensson strålade av spänning och förväntan. De kulörta lyktorna i Alvars trädgård gnistrade, det var en förtrollad kväll.

Prick klockan 18.56, styrde de ljust nougatfärgade skorna med perforeringar framtill, in mot Alvar Klemens. Stegen var mer tveksamma än vanligt, det var som om skorna gång på gång ville vända hem igen, men hjärnan vann kampen. Den största delen av fröknarna Svensson ville ju gå på kräftkalaset så hjärnan sände små impulser som fortplantade sig genom kroppen som via vilket elsystem som helst och resultatet blev att fötterna, om än tveksamt, nådde Alvar Klemens bostad exakt klockan 19.00.

Några gäster hade redan kommit, det hade Tilda och Elida sett från sitt köksfönster men det var inga de kände igen, vilket betydde att det inte var några fler från Borrby, för där kände alla alla.

Alvar rusade emot sina grannar när de kom, ja han till och med omfamnade dem, och Tilda och Elida blev alldeles vimmelkantiga. De blev presenterade för de anlända gästerna. Det var ett medelålders par från Ystad, en stad några mil från Borrby, några som Alvar träffat på någon av sina utlandsresor. Där fanns ett yngre par, ett syskonbarn till Alvar med make och så Alvars bror, en lite äldre, stilig herre med grått skägg. Efter presentationen rusade Alvar in i huset medan gästerna stod kvar på gräset och talade med varandra.

– Det är då för väl att ni bor härute och ser efter Alvar, säger Alvars bror till Tilda och Elida.

Brodern hette Ove och hade lika vänliga ögon som Alvar.

– Han är så opraktisk och valhänt, därför känns det skönt att veta att ni finns till hands.

Tilda och Elida förstod att Alvar talat väl om dem och det gjorde dem varma av glädje.

– Stå nu inte där och smickra in dig, säger Alvar och puffar skämtsamt till Ove.

– Se här, en liten drink som skall snitsla vägen för det som komma skall.

Han räckte fram en liten mässingsbricka med små glas och bjöd runt.

Undrar om det är sådana där sängfösare, eller vad de hette

som Alvar bjöd på första gången de träffades, tänkte Tilda.

– SKÅL och välkomna skall ni vara mina vänner, säger Alvar. Inga och Gösta är sena som vanligt men kräftorna blir inte kallare än dom är, så det är ingen fara.

Alla skålar och skrattar och Elida tittar allt som oftast ut mot vägen i förhoppningen att Karna Bengtsson eller någon annan ska komma förbi och se dem. Men, tyvärr, Borrby verkade ovanligt lugnt och stilla denna kväll. Men så plötsligt bryts tystnaden av tre bilsignaler ute vid häcken.

– Nu är dom här, ropar Alvar, sätter glaset ifrån sig och går sina gäster till mötes.

Inga och Gösta gjorde en flott entré. Inga hade axellångt, rödbrunt hår, smala vita byxor, högklackade skor och blusen var så urringad att Tilda bestämde sig med en gång för att inte tycka om henne. Gösta hade också vita byxor och han rökte på en stor, fet cigarr.

När drinkarna var urdruckna satte man sig kring det vackert dukade bordet. Alvar hade lagt ut små trevliga hattar vid alla tallrikar och på hattarna stod namn så man visste var man skulle sitta.

Elida fick sitta bredvid Alvar och hon kände sig glad och stolt. Tilda såg förstås butter ut men det var ju inte Elida som bestämt det, så hon behövde då inte ha dåligt samvete. Tilda fick Gösta till bordet så utan herrsällskap blev hon inte.

Inga satt mitt emot Tilda som nu hade möjlighet att beskåda henne på nära håll. Hon såg ut som en palett i ansiktet. Blått över ögonen, röda rougeringar på kinderna och munnen i en blekrosa nyans. Naglarna var långa och röda och fingrarna fulla av ringar i olika former. Guldarmbanden satt tätt men inget av detta imponerade på Tilda.

– Ett lössläppt fruntimmer, hade smedmästare Svensson sagt om han levt. Tilda tyckte likadant och inte ville Inga sätta på sig hatten heller som de andra. Nej, det rödbruna håret stod som en gloria kring hennes huvud och den spetsformade clownhatten hade väl förstås knappast gått att få över det yviga hårburret. Men hon kunde ju försöka i alla fall, tänkte Tilda när Alvar nu köpt så fina hattar.

Medan de slog sig ner vid bordet hade Alvar hällt upp snaps i glasen. Tilda hade fortfarande känning av sina hemorrojder, så hon tyckte att hon gott kunde unna sig en snaps i läkande syfte så att säga. Elida protesterade vilt men Alvar sa att det var farligt att äta kräftor om man inte sköljde ner dem med något starkt, så Elida tog en snaps hon också. Nu skulle Rutger se oss, tänkte Elida triumferande medan hon sörplade i sig av kräftorna. Både Tilda och Elida hade ingående studerat de andra gästerna när de åt sina kräftor. Deras farhågor att de inte skulle klara av det hade varit helt obefogade.

Tilda och Elida satt tämligen tysta under måltiden. De andra berättade om sina utlandsresor, sina sommarstugor och barnbarn, men Tilda och Elida led inte, tvärtom, de njöt av sällskapet, och av att de kunde äta kräftor. Ja, goda var de inte förstås, men det var något visst ändå, det var det. Tilda tog en snaps till om ifall att, och Elida tackade nej men fick en ändå. Inga tog många och hennes hår blev yvigare och yvigare. När faten var nästan tomma hade mörkret fallit. De kulörta lyktorna riktigt prålade i mörkret, medan mal och andra småkryp gång på gång kastade sig mot lyktornas papper för att komma så nära ljuset som möjligt. Fukten kom smygande men blev man bara sittande på sin plats och inte reste sig, märkte man inget.

Hösten trängde sig på, hur fina dagarna än var, den gick inte att stoppa. Hösten hade varken Tilda eller Elida något emot, men att Alvar snart skulle flytta tillbaka till stan, det smärtade.

Efter ytterligare en stund hade fukten och mörkret krupit så nära att de var tvungna att dra sig in i det lilla huset. Tilda och

Elida och de andra hjälpte till att bära in, men Inga hon seglade direkt in i värmen. Genom fönstret såg fröknarna Svensson att Alvar höll på att brygga kaffe i köket. De såg också att Inga kom dit ut och åmade sig som en påfågel för honom. Hennes hår hade liksom sjunkit ihop inne i värmen och såg tovigt och stripigt ut. De tidigare blekrosa läpparna hade intagit en normal färg.

Just som Tilda och Elida tog de sista sakerna från bordet fick de se tre kaniner på gräsmattan. I och för sig var det inget ovanligt men en av kaninerna åt något ur Alvars blomkruka med de vackra petuniorna... och se, samma sak hände som med Molins hankatt. Kaninen stod först blickstilla, sedan skakade den på sig och tog ett skutt. Tilda och Elida stod som förstenade för de visste vad som komma skulle – och det kom. Kaninen formligen manglade sig över de andra två kaninerna i korta, intensiva kärleksrörelser. Efter akten tog kaninen ett språng och började sedan om igen. Tilda och Elida sa inte ett ljud. Tilda hade ett par papperstallrikar med kräftrester i handen och i upphetsningen lutade hon tallrikarna så mycket, att det rann kräftspad längs hennes arm och in under klänningsärmen.

– Såg du? säger Tilda till Elida.

– Det är något med blommorna, säger Elida och hon märkte att hon hade svårt att hålla tänderna på plats. Det hade varit likadant sist de fått av Alvars starka. Det var precis som om inte bara kroppen slappnade av utan också som om gommen liksom krympte och skrynklade ihop sig så att tänderna blev för stora.

– Står ni här ute i mörkret, säger Alvar plötsligt med hög röst strax intill Tilda.

Hon blev så förskräckt att hon stjälpte tallriken så häftigt att ett kräfthuvud var på väg att kila in sig i klänningsärmen.

– Jag började nästan bli orolig, fortsätter Alvar.

De kände sig skamsna och generade båda två fast de förstod att Alvar inte sett vad de sett.

– Vi skulle just gå in, säger Elida med ett läspande ljud och så började alla tre gå mot huset.

Först klockan halv två återvände systrarna Svensson till sitt lilla hus. De var upprymda och glada men mycket trötta. Ingen av dem mindes när de senast varit uppe så länge.

Det var kyligt i köket. Elden hade för länge sedan falnat i spisen men det var som om de varken kände kylan eller fukten. De sade inte mycket till varandra denna kväll, drog tyst ut utdragssoffan och kröp till kojs. Rullgardinen hade de för första gången i sitt liv glömt att dra ner och augustimånen spred sitt trolska ljus in genom fönstret. På klädstrecket som systrarna brukade spänna upp över AGA-spisen dinglade två par stora rosa underbyxor tillsammans med disktrasan och kaffepåsen som de alltid vaskade upp på lördagarna. En mild doft av kräftspad spred sig från Tildas klänningsärm ut i den tunna luften i köket och från systrarnas vidöppna, sovande gap snirklade sig spritångorna ut och förenade sig med övriga dofter.

KAPITEL 9

Slutligen kom dagen som Tilda och Elida gruvat sig för så länge, dagen då Alvar skulle tillbaka till stan.

Frukosten dukade de fram för att de alltid gjorde det. Men de bara satt och tittade på burken med krusbärsmarmelad och den nyinköpta ostbiten. De sa inget, bara satt där, medan flugorna dansade runt bland maten. Tilda dristade sig slutligen till att skära en skiva ost, rullade den till en smal rulle och stoppade in den i munnen. Hon visste att Elida inte tyckte om när hon gjorde så, det var slöseri att äta pålägg utan bröd och hon hade ofta fått bannor av systern när hon smög till sig en ostbit. Men just idag sa Elida inget och Tilda kände inte av det förbjudnas tjusning, utan kände bara hur ostbiten växte i munnen.

Elida tittade storögt rakt ut i luften. Tog sedan osthyveln och skar två skivor ost som hon rullade ihop och stoppade i munnen. Tilda registrerade det tyst. Tänkte att det blir väl tillfälle en annan gång att föra det på tal, för just idag iddes hon inte höja ett förmanande finger.

När den obligatoriska frukosttiden gått ut, satte de tysta in maten igen. Inget var rört så när som på de tre ostskivorna. Till och med dagstidningen låg orörd på bordet. De visste således inte om ett atomkrig brutit ut eller om någon i Borrby dött. Förresten gjorde det detsamma. Ett atomkrig kunde inte vara värre, kanske bättre rent av, för då hade kanske Alvar stannat kvar i Borrby och dött där tillsammans med dem.

På eftermiddagen kom Alvar för att ta farväl av sina grannar. Elida låg på kökssoffan och stirrade rakt upp i taket och Tilda satt vid köksbordet och lade patiens. De hörde inte Alvars knackning och ryckte till när han plötsligt stod i köket med sin bullriga stämma.

– Det smärtar mitt hjärta att behöva lämna er här ute i vinter, säger han skämtsamt, men hushållerskor i stan har jag inte råd med.

Tilda och Elida stod nästan givakt på köksgolvet. De skämdes över att Alvar fått se dem i sysslolöshet, en vanlig vardag, mitt på dagen.

– Äsch, vi har vårt här, försöker Tilda pressa fram med ett leende.

Så blev Alvar plötsligt allvarlig.

– Det har varit en fin sommar och det blir tomt utan er, säger han.

– Lite kaffe? skyndar sig Elida att säga för att liksom dra ut på avskedet.

– Nej tack, avsked skall man göra korta, säger Alvar, här har ni till vintern, säger han och lägger en stor packe tidningar på köksbordet och här är nyckeln om ni skulle vilja titta till huset någon gång. Ja, vattnet är avstängt men man vet aldrig, det känns bra om ni vill förvalta mina nycklar.

De båda systrarna kände en oändlig stolthet över förtroendet.

– Ja, man vet aldrig vad som kan hända här ute på vintern, säger Elida som om hon ville försöka övertala sig själv om nödvändigheten av att behålla Alvars nycklar.

– Här är mitt telefonnummer om det skulle vara något, säger Alvar.

Tilda som stått upptill köksfönstret säger plötsligt:

– Skall petuniorna stå kvar därute?

– Ja, jag tyckte det var synd att kasta dom. Ni kan ju bara sätta in dom i vedboden när dom blommat ut.

– Dom är fina, säger Elida.

Ja, systrarna hade bestämt, att innan Alvar for tillbaka till stan, skulle de ta reda på vad som fanns i jorden.

– Jovars, de har blommat rikligt, säger Alvar.

– Är det köpejord i krukorna, fortsätter Tilda.

– Köpejord med lite extra gödning, skrattar Alvar.

Så gick han bort och kramade om Tilda.

– Sköt om er.

– Detsamma, säger Tilda och känner en stor klump i halsen.

Innan Alvar hinner bort till Elida säger hon forcerat eftersom hon förstår att tiden snart är ute:

– Vad för sorts gödning?

– Det är visserligen en hemlighet, men för er kan jag berätta. Och så berättade Alvar att han har haft besvär med sömnen sista åren. För att slippa ta sömnmedel har han istället tagit en kaffegök innan han går till sängs. Han berättade att han experimenterat sig fram till hur den blir godast.

– Säg inget till någon, nästan viskar Alvar och de båda systrarna vågar knappast att andas av förväntan på fortsättningen.

– Jo, jag slår lite Vodka och ett par stänk Angostura tillsammans med vattnet i behållaren till kaffekokaren. Slår sedan på bönor som vanligt och låter det starka filtreras genom kaffefiltret.

– Men vad har det med petuniorna att göra? säger Tilda förvånat.

– Jo, viskar Alvar. Sumpen från filtret slår jag sedan ut bland blommorna.

De båda systrarna stod mitt på golvet med vidöppna munnar. Alvar tittade på klockan.

– Nej, jag vill hinna hem innan mörkret faller. Han går bort och kramar om Elida också.

– Säg inget om det där med gödningen va? Tänkte ta patent och bli miljonär. Sen kommer jag och hämtar er så sticker vi till Florida.

Tilda och Elida skrattade men deras leenden slocknade när Alvar gick mot dörren.

– Jag ringer någon gång, säger han och så blir allt tyst.

Det kändes för systrarna som om livet på något sätt tagit slut när han stängde dörren. Tilda och Elida trängdes vid köksfönstret och fick se en sista skymt av Alvar innan han försvann i sin stora, mörkblå bil. Så fort bilen försvunnit gick Tilda ut till dasset. Hon satt där länge och grät, för första gången på länge, med riktiga tårar. Höstvinden svepte in genom de breda springorna i dassets väggar men den svepte också upp genom det stora, mörka hålet och kylde Tildas bara bak, men det kände hon inte, hon kände bara en intensiv, smärtande tomhet i bröstet och den salta smaken av tårarna som aldrig ville sina.

När hon åter kom in i köket var Elida borta, men dörren till föräldrarnas sovrum stod öppen. Elida låg på magen på det virkade sängöverkastet. Tilda såg att hon höll en näsduk i sin knutna näve. Tilda lade sig bredvid. De låg där hela aftonen tysta, då och då kurrade det i deras tomma magar. När natten smög sig på, låg de två systrarna fortfarande kvar.

– Tänka sig, kaffegök, säger Tilda och ler.

– Ja, han kan allt hitta på han Alvar Klemens, säger Elida och så skrattade de, länge och hjärtligt, vemodet satt förstås kvar men skrattet trängde igenom.

Snart sov de båda systrarna, sida vid sida i sina föräldrars sängar. De virkade rutorna på sängöverkastet gapade i mörkret, som om de på nytt ville att någon skulle berätta sagan om dem, men fröknarna Svensson sov tungt och från den dagen drogs kökssoffan aldrig mer ut. De hade tagit en ny del av huset i besittning, utan diskussion, och detta skulle bli deras sovgemak framöver, de skulle till och med sluta sina dagar i samma säng som deras mor en gång under våndor fött fram dem. Men ännu hade de mycket ogjort de båda systrarna och kanske var det därför som de log i sömnen.

KAPITEL 10

Augustipäronen ruttnade på sina grenar och dahlialökarna kapslades in tillsammans med frosten i jorden. Men systrarna skämdes inte. Det var som om allt saknade betydelse denna höst.

– Rutger har kanske rätt, säger Tilda till Elida en kväll.

– Aldrig, säger Elida, jag flyttar inte.

– Nej, jag menar att här är omodernt, vi borde kanske göra det bekvämare för oss.

– Vi har det väl bekvämt som vi har det, säger Elida men lät inte övertygande.

– Jovisst, men nog skulle det vara skönt med dasset inne.

– Men lukten då?

– Jag menar en vattenklosett, säger Tilda och tittade generat mot sin syster som om hon varit för djärv i sina tankar.

– Är du tokig, säger Elida, mest för att hon borde säga så, för innerst inne tyckte hon faktiskt att tanken var lockande.

Det nämndes inte mer denna kväll, varken om dass eller annan förnyelse, men ett litet frö var ändå sått. Den natten kom den första höststormen. De ruttna päronen dunsade mot marken, dörren till utedasset gnydde och flugornas surrande hade för länge sedan tystnat kring klisterremsan i taket. Den hängde kvar som en påminnelse över en gången sommar som varit så olik de andra och som hade satt så många tankar i rörelse i de gamla systrarnas huvuden.

– Tror du inte det blir dyrt? frågar Elida följande morgon.

– Vadå? säger Tilda frånvarande medan hon slätar ut sängöverkastet över den svarta järnsängen.

– Att flytta in dasset.

– Vi har ju lite pengar i våra gömmor, säger Tilda och ler.

– Nej, aldrig, nästan stönar Elida, dom kan vi inte ta av, man vet aldrig, dom kan behövas till nyttigare.

– Och arbeta utanför hemmet har vi inte gjort på många år, så då skulle väl folk tro vi blivit rent förryckta.

– Men har du sett annonserna då?

– Vilka annonser? säger Tilda förvånat.

– Äsch det var inget, säger Elida som om hon ångrat sig.

Hon lämnade snabbt sovrummet och begav sig ut i köket för att börja dagens bestyr.

På eftermiddagen beslöt sig systrarna för att gå in till Alvars hus och se så att allt stod rätt till. De hade plöjt upp åkrarna utanför och det var då mössen brukade komma. Elida tog en liten ostkant med sig till fällorna som Alvar lovat ställa fram på vaskbordet.

Det var med andakt och stolthet som Tilda satte nyckeln i Alvar Klemens dörr. De satte sina skinntofflor prydligt vid dörren och spatserade in i det svala huset som endast hade grundvärmen påslagen.

– Tänk, säger Tilda, värme fast han inte varit här på fjorton dagar.

– Ja, det är annat än spisarna därhemma.

– Nåja, säger Tilda, vi är ju hemma jämt så det är ju inget besvär.

– Då hade det varit bättre om dasset varit inne, flikar Elida in.

Det märktes att de båda tänkt en hel del på det efter samtalet och Tilda hade tänkt mycket på det där med annonsen också. Vad Elida egentligen hade menat, men det var liksom något som tog emot att fråga vidare, hon kände det så.

När de gillrat fällorna gick de en liten runda i huset, direkt nyfikna var de kanske inte men det bara blev så.

Elida öppnade försiktigt dörren till toaletten.

– Titta Tilda. Ljust och varmt och vilken mjuk och fin matta.

Mattan var inte stor, utan en sån där liten oval, flossad. De båda systrarna stod där plötsligt båda två och trängdes. De långa, smala fötterna sjönk ner i den mjuka mattan och de stod så nära att de nästan fick omfamna varandra för att inte tappa balansen. De stod kvar en lång stund och bara njöt. På toalettsitsen låg ett överdrag av samma mjuka material och Tilda satte sig på locket och såg drömmande ut. Ingen sa något, men inne i deras hjärnor kretsade samma tanke.

De hade tur också fröknarna, för när de lämnade Alvars hus kom just Karna Bengtsson förbi. Tilda och Elida hälsade artigt och kände hur värmen liksom steg inom dom. Elida skramlade lite extra med nycklarna och de var ovanligt raka i ryggarna, smedmästare Svenssons döttrar, när de steg in i sitt lilla hus.

– Såg du minen va? säger Tilda belåtet.

– Äsch, säger Elida och låtsas oberörd fast det hettade i hennes kinder.

Dagarna var långa och mörka och det var som om tiden sniglade sig fram. De broderade lite, putsade silver fast det egentligen inte behövdes. De nya söndagsklänningarna hade inte varit framme på veckor och locktången låg mest och såg förarglig ut, till ingen nytta borta vid spisen.

– Vi kunde ju fråga hur mycket det skulle kosta att flytta in dasset, säger Tilda en kväll.

– Ja, det kostar ju inget att fråga, säger Elida och snart satt de båda systrarna och planerade, både var dasset skulle vara och hur där skulle se ut.

Elida tyckte nästan att de gamla familjeporträtten log mot henne på kvällen när hon lagt sig, som om hennes förfäder på något sätt givit sitt medgivande till den planerade förändringen. De sov extra skönt denna natt och de tandlösa leendena gapade som mörka skogstjärnar. De låg nära varandra, så som de legat så många gånger förut, när de var små och smedmästare Svensson berättat de ruskigaste historier om garnerna i det virkade sängöverkastet.

KAPITEL II

Nästa morgon låg något spännande i luften. Redan en timma tidigare än de brukade, var de båda damerna i farten och när lantbrevbäraren klev över tröskeln, var de färdiga med förmiddagsbestyren.

Brevbäraren lade bunten med post som vanligt på köksbordet.

– Mmm, här luktar gott. Han vände näsan mot AGA-spisen där kålsoppan stod och puttrade.

– Han vill kanske ha en tallrik, den är snart klar.

– Tackar för vänligheten, men plikten kallar.

Både Tilda och Elida hade sett att det fanns ett färggrant vykort med posten. Båda försökte att lägga band på sin nyfikenhet men så fort som brevbäraren chevalereskt svingat sin mössa till farväl och stängt dörren, kastade sig de båda fram över bordet för att slita åt sig kortet. Tildas värkbrutna, fumliga händer förlorade kampen.

– Är det från Alvar? säger Tilda

Elida svarar inte, utan står bara stilla och beundrar kortet.

– Eller är det Rutger som är ute och reser igen? flikar Tilda in, spänt avvaktande på svaret.

– Det är från Alvar. Han vill tacka för i somras och skriver att han kanske kommer hit till jul.

– Till jul! säger Tilda och ler.

Många gånger denna dag läste systrarna de få raderna.

Mot kvällningen satte de upp det bredvid Rutgers kort vid spegeln i hallen. De lät lampan brinna så de kunde se både spegeln och korten när de satte sig vid köksbordet. Det hade känts lite extra festligt denna dag, med vykortet och ett halvt löfte från Alvar att han kanske kommer till jul. Kanske var det därför som Tilda bakat en sockerkaka till kvällskaffet, något som sällan hände när det bara var de två.

– Jag tror jag lägger på en annan duk, säger Elida och kryper in vid understa hyllan i skafferiet, där den stora, bruna lådan stod, med säckband och Elidas namn vackert präntat ovanpå. Ja, det var i den lådan hon samlat på delar av sin hemgift men som hon efterhand plockat ur, i takt med att linneförrådet behövde förnyas. Elida låg så långt framåtböjd att man tydligt kunde se skiljet mellan de silkiga strumporna och gördeln.

– Det blir väl bra, säger Elida när hon med möda tagit sig upp på sina smala ben igen.

– Åh, utbrister Tilda, den minns jag... men inte skall du Elida!

– Äsch den kan lika bra ligga här som där!

Och så lade Elida den vackert broderade duken på köksbordet. Tilda reste sig snabbt och lyfte bort assietten med sockerkaksbitarna. Denna uppläggning kändes liksom torftig när den broderade duken låg på bordet. Hon tog fram mor Elnas fina glasfat som bara använts vid högtidliga tillfällen men det kändes som det vore ett sådant tillfälle, just i kväll.

Så satt de där de båda, vid det vackert dukade bordet och tittade då och då ut mot hallen och Alvars vykort. Båda behöll tänderna kvar, det kändes liksom mera värdigt en sådan här kväll.

– Joo, säger Tilda efter en lång stunds tystnad. Jag har tänkt på det här med toaletten. Kylan är kanske inte bra för mina hemorrojder.

– Nej, det har du rätt i, säger Elida plötsligt, som om hon föreföll lättad över att det fanns ett försvar för att skaffa en inomhustoalett. Har du ont? säger hon försiktigt.

– Mjaa, det känns lite, det gör det ju, men.

– En liten besk kunde kanske hjälpa? Ja, jag har ju inte sådana besvär förstår du, men jag kan ju göra dig sällskap

Ja, det blev en förunderlig kväll, sockerkakan, den broderade duken, glasfatet, kortet från Alvar och så var sin besk. Skall sanningen fram blev det två. Det var först när besk nummer två runnit ner i strupen som Tilda på nytt vågade fråga om det där med annonsen.

– Asch, säger Elida fnissande.

– Jo, säg det du, säger Tilda nästan viskande.

Elida svarade inte utan gick bort vid den lilla hyllan ovanför AGA-spisen, tog fram ficklampan och gav sig ut i mörkret. När Elida försvunnit ut, tog Tilda snabbt en besk till, inte för hemorrojderna, utan för att den värmde så gott och lukten hade hon ju redan så Elida skulle inget märka.

Höstvinden svepte in genom den öppna dörren och Tilda drog yllekoftan närmre om sig. Så står Elida där i dörren med vindrufsat hår och en bunt tidningar i famnen. Hon sätter sig vid köksbordet och bläddrar tyst och så lägger hon upp en sida framför Tilda. Tilda tittar länge och storögt på annonsen utan att förstå.

– Jag bara tänkte, säger Elida.

– Vadå tänkte? säger Tilda nyfiket.

Elida såg ytterst generad ut. Hon reste sig från bordet och gick bort till spisen där alltid en kastrull vatten stod på värmning. Hon slog upp lite vatten i en plastbalja och började vaska upp kaffepåsen, trots att det inte var lördag. När hon stod med ryggen emot var det som om modet plötsligt kom tillbaka.

– Jo, där är ju många annonser varje vecka i tidningen så jag tänkte att det måste vara stora pengar att tjäna.

Tilda liknade nästan skyltdockan i stan. Munnen var vidöppen och ögonen stirrade. Elida förstod att hon inte fattade.

– Skulle vi sälja? Vi har ju inget att sälja, bara bären och frukten och där finns inte mer än vi själva behöver.

Elida svarade inte utan pekade på en av annonserna. Tilda läste högt: "Potensökande medel. Ökar garanterat potensen med minst 50%. Endast 350:– flaskan."

När Tilda slutat läsa såg hon lika oförstående ut.

– Men om vi bara tar 250:– kronor flaskan, säger Elida.

– Vi har väl inget sånt, säger Tilda och pekar på annonsen.

– Minns du inte kaninerna i Alvars trädgård och Molins hankatt? Dom blev ju som tokiga, ja det verkar rent av som om det där Alvar lade på blommorna skulle ha sådan där effekt.

Elida pekar på nytt på annonsen. Tilda kippar efter andan.

– Du menar väl inte?

– Menar och menar, säger Elida medan hon vaskar upp kaffepåsen som för länge sedan var ren.

– Men Alvar skulle ju själv ta patent.

– Men det var ju som gödning för blommor och inte som potensökande medel, säger Elida.

Det var ett märkligt samtal som utspann sig i de gamla fröknarnas kök. De talade om potensökande medel som om de var specialister på sådant. Ingen av dem hade ju haft förmånen att stifta någon närmare kontakt med den manliga potensen, möjligen Tilda den gången i bersån med Lantz son, men då var de båda i sin blomning så något livgivande medel hade knappast behövts.

Tildas mun var fortfarande vidöppen och tänderna i överkäken hade kanat ner så det såg ut som munnen var stängd fast den var öppen.

– Men vad skulle folk säga? Tilda trycker sina tänder på plats.

– De behöver ingen veta, vi kan öppna en postbox i stan.

Hon var inte dum Elida. Det hade hennes pappa ofta sagt. Hade du inte varit flicka, så skulle du blivit handlare brukade han säga när han såg hur snabbt och raskt hon sålde lotter och annat på basarerna.

– Men tror du att vi vågar? säger Tilda, inte utan intresse och entusiasm.

– Klart vi vågar, svarar Elida och hänger upp kaffepåsen på tork.

Så var de förlösande orden sagda. Men det återstod ett idogt och krävande arbete och många förberedelser innan de båda systrarna kunde öppna sin postorderfirma med försäljning av potensökande medel.

– Du Tilda, viskar Elida sedan de sent om sider krupit ner i sina sängar. Det är ju bara för det där med dasset, och dina hemorrojder, annars hade vi aldrig gjort det.

– Nej aldrig, säger Tilda och kurar nöjt ihop sig i sängvärmen. Det hade vi verkligen aldrig gjort annars, Elida.

För första gången på länge såg de fram emot en ny dag.

Det blev en hektisk vecka hos fröknarna i Borrby. De undersökte, kontrollerade och diskuterade, men var hela tiden måna om att det skulle bli en väl förborgad hemlighet, inget fick läcka ut. De skulle gå i graven med hedern i behåll.

– Egentligen är det inget olagligt eller fult, säger Tilda en kväll för att liksom övertyga sig själv.

– Nej, tvärtom, vi kan ju hjälpa någon istället, säger Elida och Tilda ser nöjd ut.

– Ja just det, det kan ju hjälpa dom, om det nu verkar förstås.

– Klart det gör! säger Elida, det har vi ju själva sett.

Precis den första december var allt klart och redan veckan därpå skulle den första annonsen in i veckopressen. De hade aldrig annonserat förut och tur var det, för kostnaden för annonsen var så hög att de nästan bestämt sig för att backa ur hela projektet.

– Vi måste försöka när vi nu lagt ner så mycket arbete och kommit så långt, säger Elida.

Tilda hade börjat bli orolig över alla utgifter. I början av veckan hade de köpt en automatisk kaffebryggare och idag skulle de till stan för att köpa det starka som skulle filtreras igenom, och så kostnaden för postboxen som Elida per telefon avtalat med posten i stan om. De skulle bara in och skriva under något papper och så skulle allt vara klart.

– Men tänkt om ingen svarar på annonsen då, säger Tilda oroligt.

– Man måste våga chansa här i livet, säger Elida med kavat stämma.

Hon hade vuxit med uppgiften Elida, men så var det också hon som tagit de flesta kontakterna, med tidningen, med posten och till och med formulerat annonsen. Tilda var stolt över sin syster, det var hon, men det sa hon förstås inte.

Tilda hade som kompensation för Elidas arbete, tagit det största ansvaret för hushållet den senaste tiden.

Mot eftermiddagen var det så dags att åka till stan för att ordna de sista detaljerna. Tilda tog med sin stora shoppingväska i riktigt skinn som hon fått av Rutger i julklapp för några år sedan.

– Vad skall du med den till? säger Elida när de står färdiga i dörren.

– Jag tänkte vi kunde stoppa systempåsarna i den, den här är lättare att bära och så syns det ju inte så tydligt.

– Det har du rätt i, säger Elida berömmande och Tilda sträcker lite extra på sig innan de promenerar ut mot landsvägen, på väg mot bussen och mot stan på sin första affärsresa.

I stan hade det varit julskyltning i helgen och vackra julstjärnor med elektriska ljus och grangrenar hängde över Storgatan. Skymningen hade börjat falla och de första snöflingorna dalade så sakta mot marken. Julstressade människor halvsprang och trängdes medan fröknarna Svensson lugnt spatserade gatan fram med den stora shoppingväskan mellan sig.

Inne på posten var det rusch, människor trängdes för att lämna julpaket och skicka julkort. Elida gick bort till pulpeten och tog en näve avier för inrikes postförskott. Tilda tittade sig generat omkring, av rädsla för att någon skulle se att Elida tog så många avier. Men alla var så upptagna av sitt att hennes rädsla varit helt obefogad. Så gick Elida fram och ställde sig bakom en äldre herre vid en av kassorna. När han var färdig sa Elida mot kassörskan:

– Det gäller postboxen.

– Har ni nummer 97 då? sa den vänliga kassörskan.

– Nej jag har inte fått något nummer ännu på postboxen, säger Elida oförstående.

Kassörska skrattar vänligt åt missförståndet och förklarar för Elida hur kösystemet på posten fungerar. Elida såg generad ut men traskade bort och tog en nummerlapp. 129.

– 32 nummer före, suckar Tilda som alltid varit rapp i huvudräkning.

De båda systrarna gick bort och satte sig i soffan för att invänta sin tur. Näsorna började droppa inne i värmen och båda snöt sig ljudligt, nästan på samma gång. Numren växlade snabbt och Tilda knuffade till Elida.

– Bara två nummer till!

När de stod framme hos kassörskan säger Elida på nytt.

– Jo, det gällde postboxen, till Rutger Svensson.

Elida såg inte Tildas min och tur var kanske det.

– Ja, han bor här ute ibland och tänkte att det kunde vara

bra att ha en postbox här då.

– Han skulle egentligen själv skriva under här, säger kassörskan.

– Han är i utlandet just nu, säger Elida med stadig röst. Jag är hans syster förstår ni och jag lovade att ordna boxen nu när han är borta.

Kassörskan lutade sig fram och pekade på en rad.

– Fyll i här!

Elida skrev under med stadig hand. Så fick hon nyckeln. Postbox 108. På vägen ut provade Elida nyckeln till boxen. Det var inte utan stolthet, nu hade de ju en egen postbox i stan.

När de kom ut i gatuvimlet, säger Tilda med förebrående röst:

– Varför satte du den i Rutgers namn? Nu får han kanske veta.

– Det får han visst inte. Det blir ju vi som betalar in och jag har sagt att betalningsavin skall gå till hans postbox och den är ju vår.

Tilda verkade inte övertygad. Hon hade nästan börjat ångra sig. Hon kände sig till och med lite rädd, var illa till mods helt enkelt. Inte blev det bättre när hon kom på att de skulle gå till systembolaget också. Det kändes så syndfullt, kanske berodde det på att de så sällan gick dit eller kanske för att det trots allt var mest män som hade ärenden dit. Men de hade inget val. Skulle de fullfölja sina planer, skulle de rent av få besöka systembolaget ofta. Detta hade också diskuterats, allt var noggrant genomgånget. De hade talat om alternativa inköp, det vill säga åka till de tre närmaste tätorterna växelvis för att folk inte skulle börja undra.

– Det kanske kan bli en anmälan till socialnämnden också, säger Tilda en kväll under en av sina mörka stunder.

Bland Alvars tidningar hade de hittat en prislista från systembolaget och det var tur, för den där Angostura hade gjort dem osäkra. Eftersom Alvar använt drycken delvis som sömnmedel visste de således inte om de skulle köpa varan på apoteket eller på systembolaget. När de fann den i systembolagets prislista blev de lättade och kände sig trots allt trygga och välförberedda när de gick in i butiken.

Elida tog en kölapp och Tilda satte sig på en stol. Ja, det var det där med stickningarna i vänsterarmen som börjat igen. Elida började känna igen tidpunkterna för symtomen och fnös faktiskt riktigt förargligt mot sin syster och gav henne dessutom en blick till brädden fylld av ilska.

De satt tysta på bussen hem. Elida höll väskan med flaskorna varligt i knät och i hennes portmonnä låg nyckeln till Box 108. De hade haft så mycket bestyr i stan, att det inte blivit tid över att dricka eftermiddagskaffe. När de hade hängt av sig sina snöblöta yllekappor i hallen bestämde de sig för att inviga den nya kaffebryggaren.

– Skulle det inte gå bra med firman, har vi ju användning för kaffebryggaren ändå, säger Tilda försiktigt.

Elida svarade inte, packade upp spriten och satte in flaskorna i hörnskåpet, intill besken och sherryn. När de satt igång kaffebryggaren följde de händelseförloppet med stort intresse.

– Ja, dom kan allt hitta på, skrattar Elida.

– Och vi också, flikar Tilda in.

Och så skrattade de länge och hjärtligt. Det var ett förlösande skratt efter en dag fylld av spänning och osäkerhet. Men här hemma långt från stan, kände de sig trygga. Kaffet smakade extra gott, om det var för den nya bryggaren eller för att de hoppat över eftermiddagskaffet visste de inte men det gjorde detsamma, gott var det.

Långt efter det att mörkret sänkt sig över det lilla samhället lyste det i köksfönstret hos fröknarna Svensson. Men ingen i Borrby kunde ens i sin vildaste fantasi gissa vad det var för samtal som utspann sig i deras kök.

Kanske det rent av någonstans i samhället låg någon man sömnlös på grund av sin tilltagande oförmåga och skulle bli en av systrarnas första kunder.

Hos Marianne och Rutger i Örebro hade det också blivit vinter, inte bara ute, utan även inne hade klimatet blivit allt bistrare. Marianne var besviken över att de inte kommit iväg till Rivieran och för att de inte fick köpa Rutgers föräldrahem som han lovat. Allteftersom Mariannes mod sjönk, sjönk också nivån i Rutgers flaskor i barskåpet. Den här stjärnklara decemberkvällen vred sig Rutger extra oroligt i sin säng.

– Kan du inte sova? säger Marianne lent.

– Nej, jag kan inte det, FAKTISKT.

– Vadå FAKTISKT? säger Marianne.

– Att jag inte kan sova, är det något konstigt med det då?

– Du är inte som förr Rutger, säger Marianne fortfarande lika vänligt.

– Förr och förr. Det är inte förr nu, för det är nu, nu, säger Rutger och far upp och sveper den eleganta rökrocken omkring sig.

– Såja, seså, försöker Marianne lugna. Män kan ha det jobbigt i din ålder.

– Jag är inte i den åldern, skriker Rutger.

– Det är du väl?

– I VILKEN ÅLDER? vrålar Rutger.

– I din ålder såklart, svarar Marianne.

– Det är inget fel på min ålder och det är inget fel på mig, säger Rutger och lämnar rummet.

Han gick med beslutsamma steg fram till barskåpet, öppnade dörren men slängde sedan igen den med en smäll. Stod en stund och andades tungt och ansträngt, gick sedan med raska steg in i sovrummet igen. Han lade rökrocken på stolen och kastade sig över Marianne.

– Nu skall vi älska, nästan väser han.

– ÄLSKA, nu? men Rutger då, klockan är mycket.

– Du ville ha det som förr, då tänkte du aldrig på vad klockan var.

Marianne vred sig under hans tyngd som så plötsligt och helt obalanserat vältrat sig över henne.

– Men Rutger, flämtar hon.

– Vi skall älska säger jag, stönar Rutger medan svetten pärlar i hans panna.

– Men.

– Tror du inte jag kan kanske? vrålar han.

– Jovisst, säger Marianne och i samma stund dränks hennes ord i en djup kyss.

– AJ, är du inte klok, skriker hon, du gör mig illa.

– Jaså, jag gör dig illa, förr tyckte du det gjorde gott.

Rutger förde med fumliga händer upp Mariannes nattlinne och försökte tränga in i henne. Hans forna stolthet hängde emellertid som en liten metmask mellan benen och omöjliggjorde den tilltänkta kärleksakten.

Marianne rusade upp och svepte morgonrocken kring sig.

– Du är inte klok! stönar hon.

Rutger låg flåsande kvar på sängen någon sekund. Han reste sig sedan och traskade ut i rummet, utan rökrock. Han gick bort till barskåpet och slog upp en stor grogg som han svepte i ett drag. Marianne kom försiktigt in i rummet.

– Du gör mig rädd Rutger, säger hon.

Så fick hon syn på hans lilla metmask som hängde ner från den plyschklädda stolsitsen och då brast hon i skratt, först försiktigt och sedan hysteriskt, tills hon brast i gråt.

Den natten sov Rutger i gästrummet och han grät stilla som ett barn, för första gången i sitt vuxna liv.

KAPITEL 12

Den dagen annonsen skulle införas i tidningen var Tilda och Elida i handelsboden extra tidigt.

– Och den fungerar? säger handlaren vänligt.

De båda systrarna hoppade till. Hade det ändå kommit ut?

– Kaffebryggaren, tillägger handlaren då han ser att de inte förstår.

– Ja, den ja, den fungerar bra.

Så köpte de det vanliga, bröd, mjölk, en liten bit ost och så ett paket tändstickor för att få fyr i spisen.

Medan handlaren räknade ihop sa Elida:

– Vi skulle kanske ha en tidning också Tilda?

– Ja, kanske det.

Elida tog ner en veckotidning från tidningshyllan

– Jaså, säger handlaren, lite förvånat eftersom de aldrig tidigare köpt någon veckotidning.

– Det skall bli extra julläsning kan jag förstå.

– Ja, kvällarna blir långa och TV har vi ju inte, tillägger Elida.

Handlaren tog tidningen ifrån Elida och visade fram en annan.

– Den här då? Här är mera läsning för pengarna, extra julbilaga.

Tilda ryckte till sig den andra tidningen från stället.

– NEJ, vi skall ha den här, säger hon med märkbar iver.

Handlaren såg bestört ut.

– Visst, visst, jag tänkte bara, ja den extra bilagan och så.

Elida sparkade Tilda på smalbenen. Tilda tittade skamset ner i golvet. På vägen hem fick hon bannor av systern.

– Du måste behålla lugnet Tilda, det går inte att tappa fattningen så, då kanske dom märker något...

Tilda svarade inte. Det brukade hon inte göra när hon tyckte att systern hade rätt.

Väl hemma igen slet de snabbt tidningen ur korgen. Så satte de sig nära varandra och Elida läste högt.

"Potensökande medel, ofarliga ingredienser med kraftfull effekt. Välbeprövat och till marknadens lägsta pris, 250 kronor per burk. Skicka in beställning på nedanstående talong till Box 108 Simrishamn. Vi sänder per postförskott."

– Det låter väl bra, säger Elida nöjt.

– Ja, det gör det verkligen, svarar Tilda med eftertryck i rösten.

De satt kvar en lång stund och bara tittade på annonsen, varorna stod fortfarande kvar på köksbordet.

– Tänk, säger Elida, att vi har ett eget företag. Minns du vad far brukade säga? Att jag skulle bli handlare om jag inte varit flicka.

– TYST, säg inte så, far hade aldrig tyckt om...

– Men vi hjälper kanske någon Tilda.

– Ja, ja, nog så sant, men far hade ändå aldrig...

Elida försökte bryta samtalet för hon kände själv ett styng av dåligt samvete.

– Det där med burkarna..., vad skall vi egentligen leverera det i?

– Vi har massor med medicinburkar som aldrig används, vi kunde kanske kasta pillren och använda burkarna.

– Dom är för olika, säger Elida. Vi måste ha något enhetligt, lika stora och så.

– Mors små geléburkar då, som står i brygghuset?

– Det har du rätt i, dom blir bra, säger Elida, till att börja med i alla fall, sen får vi se.

Tilda tog sin shoppingväska med sig ut i brygghuset och kom snart igen med väskan fylld av små, nätta glasburkar.

– Det blir bra, säger Elida uppskattande.

Tilda diskade alla burkarna och ställde dem sedan i trädiskstället.

Skymningen kom även denna kväll, men ljuset släcktes tidigt i det lilla huset. Alla förberedelser var klara, nu var det bara att vänta.

Bredvid AGA-spisen stod hela raden med de nydiskade gelé-burkarna. De saknade etiketter, något som hade givit upphov till en livlig diskussion strax före sänggåendet. På en punkt hade de emellertid blivit överens, någon form av etikett borde ju sitta på burkarna så att man visste vad de innehöll. Tilda hade tyckt att de kunde sätta på de där små etiketterna med vinbärsrankor som de brukade använda när de syltade och saftade för att tala om årtal och innehåll.

Elida tyckte inte idén var så god. Hon ville att det skulle se lite affärsmässigt ut, men eftersom hon inte hade något eget, bättre förslag fick hon till slut ändå acceptera. Namnet var de ganska snart överens om POTENSGIVARE skulle det stå på etiketterna. Tilda hade skrivit på en etikett och skulle just till att klistra fast den när Elida skrek till:

– NEJ, inte ännu!

Etiketten liksom fastnade på Tildas tunga. Tur att de nya tänderna alstrade så mycket saliv, för annars hade rent av etiketten kunnat fastna på tungan på riktigt.

– Tänk om vi går och dör, fortsätter Elida.

– Vadå dör? säger Tilda medan hon spottar ut etiketten.

– Om vi skulle få hjärtslag båda två i natt och lantbrevbäraren, Rutger eller någon annan fick se burkarna med de färdigskrivna etiketterna.

– Ja, tänk om, säger Tilda med bestörtning.

– Vi skriver ut efterhand, säger Elida förnuftigt, och så fick det bli. Glasburkarna stod skinande klara och det såg ut som förberedelser till saftning och syltning. Att det inte var bärsäsong tänkte ingen av dem på.

KAPITEL 13

På söndagen gick båda systrarna till kyrkan. Under veckan hade de plötsligt kommit på att det varit första advent föregående söndag. Skammens rosor hade lyst på deras kinder. Inte en gång under alla år hade de glömt det. Ja, ända sedan de var små hade de varit i kyrkan den dagen. Först alltid tillsammans med föräldrarna och senare, efter deras frånfälle, på egen hand, men första advent hade de alltid suttit där, utom i år.

Nu måste de gå till kyrkan denna söndag istället. De nya söndagsklänningarna kom på, för första gången sedan Alvar for, galonväskorna i händerna. De nougatfärgade skorna var utbytta mot var sitt par varmfodrade kängor, såsom årstiden påbjöd.

Det var ljust och vackert inne i kyrkan. Ingen trängsel men ändå ganska rikt med besökare som det brukade vara inför en stor kyrkhelg.

De knäppte sina händer och böjde sina huvuden som sig bör när man stiger in i Herrens boning. Så började den vackra psalmsången ljuda. Orgelns toner fyllde inte bara kyrkan utan också de båda systrarnas inre. Tilda torkade försiktigt bort en tår. Hon blev alltid så rörd när hon kom till kyrkan. Det var nog inte bara orgelmusiken som gjorde henne rörd. Det var också det, att hon brukade minnas sin ungdom och sina föräldrar och nu var de borta alla tre. Ja, både föräldrarna och hennes ungdom. Men denna söndag grät hon lite över Alvar också, hon saknade honom. Han hade givit deras liv ett nytt innehåll och indirekt också bidragit till att de nu hade ett eget postorderföretag.

När Tilda nu ändå grät, passade hon på att be en bön och bad vår Herre ha överseende med det som skedde.

– Vi kan ju hjälpa andra genom det, säger Tilda nästan högt.

– Sch, tystar Elida och knuffade till systern.

Tilda fräste ut allt snor, både det som runnit till genom sorg och av högtidens stämning. Högmässan slutade med barndop. Det var folkskollärare Borgs son Christer som döpte sitt sjunde barn. Han blir nog inte någon av våra kunder, tänkte Tilda och log med blicken riktad mot den sjuarmade ljusstaken borta vid dopfunten.

Det blev lite småprat utanför kyrkan efteråt som sedvanligt. Karna Bengtsson stod i folkhopen och vände sig mot systrarna.

– Han är allt en stilig karl, våran nye präst.

– Jo, det får man väl säga, svarar Elida men Tilda står tyst, hon tänker att hon är tokig i karlar den där Karna.

Frosten började få ett stadigt grepp om naturen och det knarrade under systrarnas kängor när de spatserade bort till föräldrarnas grav. Mosskransen de lagt ut till Alla Helgons dag var översnöad och Tilda sträckte sig in över graven, lyfte kransen och skakade bort snön.

– Det var länge sedan Rutger var här, säger Elida, inte utan besvikelse i rösten.

– Vi skulle kanske ringa upp honom när vi kommer hem, ja det är ju våran tur och snart är det jul också.

Väl hemma igen lade Tilda snabbt in några vedkubbar i spisen. Veden var ovanligt torr så den brann snabbt ut.

– Ingen adventsljusstake har vi plockat fram ännu, jag tror vi är rent förryckta Tilda.

De skrattade hjärtligt. Det var som om skrattet började komma tillbaka lite oftare. Elida tog fram kökspallen till skåpet och klev försiktigt upp. Hon trevade på översta hyllan och kom ner med den gamla ljusstaken som Rutger gjort i träslöjden. En liten papperspåse kastade hon också ner, rakt i famnen på Tilda. Sen hjälptes de åt att plocka upp mossan och svamparna från påsen och smyckade ljusstaken lika vackert som de alltid brukat göra. Men vita ljus hade de glömt att köpa.

– Det får duga med ljusblå så länge, säger Tilda och så gick hon in i finrummet och tog fram de ljusblå stearinljusen. Kylan från det oanvända rummet svepte ut över köksgolvet och de båda fröknarna huttrade.

– Nog har kylan kommit alltid, säger Elida, vi får väl koka oss en kopp kyrkkaffe.

– Det skulle smaka bra, säger Tilda medan hon tänder de två första ljusen i ljusstaken. Två på samma gång det är ju för tokigt, skrattar hon.

– Det har då aldrig hänt förut. Du Tilda på måndag skall vi in till stan och titta i postboxen, jag tänkte, vi har inte...

– Vadå? avbryter Tilda.

– Vi har ju aldrig kokt det där som vi skall sälja.

– Nej, och kallt är det, vi kunde ju gjort oss var sin sån där.

Ordet kaffegök ville hon inte uttala, i synnerhet inte i samband med kyrkkaffe och vid advent.

– Nej, man kan ju inte hälla ut spriten när man filtrerat den.

– Nej, det kan man ju inte, säger Tilda förvånad över att ha missat något i planeringen.

– Men nog kan man väl köra det igenom mer än en gång. Kraften måste väl sitta i ett tag?

Tilda kände sig med ens osäker.

– Vi får nog undersöka det, säger hon, men nu kokar vi oss en god kopp, med sånt där.

När de väl stod där med flaskorna, ställdes de inför ytterligare ett problem.

– Hur mycket av det starka tror du vi skall slå i behållaren? säger Tilda.

– Ett par stänk Angostura det hörde jag tydligt att han sa, men Vodkan, det vet jag faktiskt inte.

– En kaffekopp eller så, gissade Tilda.

– Det blir ju utblandat med vattnet, så det blir nog lagom, säger Elida samtidigt som hon drar ner rullgardinen.

– Varför drar du ner rullgardinen? frågar Tilda förvånat.

– Det är ju ljust ännu och det ser högtidligare ut med ljusen om det är mörkt härinne.

Skall sanningen fram var hon rädd för att någon skulle se att de stod och hällde Vodka i kaffebryggaren. Visserligen fick de aldrig besök nu sedan Alvar farit, men man kunde inte vara nog försiktig.

När vattenbehållaren tömts, höll Elida upp kaffekannan och tittade drömmande mot den.

– Tänk Tilda, här i finns det, det livgivande.

– Som skall ge oss pengar till dass inne, flikar Tilda in.

Elida satte försiktigt ifrån sig kaffekannan på vaskbordet och så satte de sig till bords för att dricka sitt kyrkkaffe. Tilda hostade vid första klunken.

– Är det inte gott? säger Elida förvånat.

– Jovars, det värmer gott, men jag svalde lite för fort.

Hon iakttog Elida ingående när hon svalde sin första klunk. Jo, rös lite det gjorde hon, men hon hostade inte. De tog båda påtår och pratade lite om den nya prästen.

– Han lär inte vara gift, säger Elida.

– Inte?

– Nej, det sägs så i alla fall.

– Men ett fruntimmer har han i prästgården, det hörde jag hos handlaren.

– Men han behöver väl inte vara gift för det, snäser Elida.

– Nej, så sant, men är det passande för en präst att bo så där då?

– Han får väl bo hur han vill, säger Elida snabbt och går bort till kaffebryggaren för att hämta påtår. När hon reser sig är det precis som om benen inte vill bära henne.

– Hur är det fatt? säger Tilda oroligt när hon ser systerns belägenhet.

– Äsch det är inget, säger Elida och fnissar.

Men Tilda förstod, för när hon reste sig för att hjälpa Elida kände hon sammalunda. Det var precis som om golvet var mjukt på något sätt och gav efter. Elida hade nått fram till kaffebryggaren.

– Det är kanske inte värt med någon tretår, säger hon.

– Här skall inget gå i vasken, säger Tilda och så skrattar de igen medan Elida slår upp en omgång kyrkkaffe till.

– Tur att vi inte följde med till församlingshemmet och drack kyrkkaffe där, säger Tilda.

– Jo, det skulle i så fall bara vara för att titta på den nye prästen.

– Äsch, säger Tilda, och så höjde hon koppen som om hon skulle säga skål, men det gjorde hon inte, men de nickade till varandra och svepte de sista dropparna. Just som de ställt kopparna ifrån sig, ringde telefonen. Båda hoppade högt av den oväntade signalen. Elida gick med vingliga steg för att svara. Hon lyfte telefonluren så häftigt att telefonen föll i golvet. Tilda fnissade medan Elida försökte få ordning på kommunikationen.

– 13587. HEJSAN Rutger, säger Elida glatt. Det var precis

det. Vi satt faktiskt och talade om att ringa till dig. Jojomensan, här är det bara prima liv. Ny präst har vi och ny kaffebryggare. Hon fnissar. Jovisst mår jag bra Rutger, finemang, allt i sin ordning och snart kommer dasset in, så du behöver inte oroa dig.

Tilda skrattar så hon måste slå händerna för ansiktet för att kväva det.

– JO, dasset? Jo, in här inne och mjuk matta skall vi ha, rosa…

– Grön, viskar Tilda.

– Eller grön, tillägger Elida.

– Vilka då päron? Jaså dom där ute menar du. Vi brydde oss inte om dom i år. Skit samma, det kommer nya nästa år. JA, JA, jag mår bra och det gör Tilda också. God Jul på dig. Hälsa Marianne. Hej då Rutger, hej, hej. Tilda hälsar, God Jul.

Elida slängde på telefonluren och de båda systrarna skrattade så de kiknade.

Den natten stod ljuset tänt ända tills morgonen. Tur var att de hann släcka de ljusblå stearinljusen innan de somnade med sina grå hjässor på bordet.

Men i Örebro hade inte ens Rutgers kvällsgrogg givit ro och sömn. Han vankade av och an över de mjuka mattorna. När den stora pendylen i matsalen slog tre, sågs ännu den mörka silhuetten vandra av och an mellan de stora, vackra rummen.

Inne i sovrummet sov Marianne oroligt. Sista tiden hade hon knappast vågat tilltala Rutger. Allt misstolkades och blev fel. Visst hade hon själv också varit lite labil sista tiden, besviken och bitter över att Rutger inte fått igenom köpet av systrarnas hus i Borrby. Men hon tyckte att hon ändå försökt vara förstående, kommit med alternativa lösningar, men som sagt, allt blev fel.

Först när klockan slagit fem kom den efterlängtade sömnen.

Rutger halvlåg på den plyschklädda kanapén med rökrocken svept kring sin allt mer svällande kropp. På det mörka mahognybordet stod ett urdrucket grogglas. Hans vita, fläskiga händer vilade tungt mot magen och emellanåt uppstod små ryckningar när kroppens spänningar lättade.

– Dom hade druckit, säger Rutger plötsligt vid frukostbordet.

– Vilka dom? svarar Marianne medan hon graciöst skrapade av de mörka kanterna på det rostade brödet.

– Tilda och Elida... ja, jag är säker. Elida var i alla fall inte nykter den saken är klar och Tildas röst hörde jag också.

– Äsch du pratar, skrattar Marianne, Tilda och Elida, dom har väl i alla fall aldrig varit begivna på starka drycker?

– Vadå I ALLA FALL? väser Rutger och intar försvarsställning. Vad menar du med det?

– Att dom aldrig tyckt om sprit, fortsätter Marianne svalt.

– Men varför sa du i alla fall? Menar du att jag dricker då. I ALLA FALL?

– Det gör du väl, säger Marianne och mötte hans blick.

– JAG DRICKER SÅ MYCKET JAG VILL, utan att fråga dig, snäser Rutger och reser sig häftigt.

– Men Herre Gud Rutger, jag har väl inte sagt att du inte ska, har jag det kanske? Rutger.

– Inte sagt rent ut nej, men jag kan förstå pikarna.

– Jag åker till Franska Rivieran, säger Marianne och döljer för säkerhets skull huvudet i dagstidningen.

– Gör du det Marianne, svarar Rutger syrligt, gör du det. Åk till Rivieran. Där finns säkert villiga män som kan.

– Kan vadå? säger Marianne oförstående.

– Knulla, säger Rutger och förvånas själv över det ord som aldrig tidigare passerat hans läppar.

Marianne tittar bestört på honom och reser sig upp.

– Du är inte klok Rutger, hör du det? Inte klok. Dörren till serveringsgången smällde igen så de blyinfattade glasrutorna skallrade. Rutger svor till men snart sjönk hans kropp ihop och de gråblå ögonen stirrade tomt ut mot den kalla morgonhimlen.

Inne i sovrummet stod Marianne och tittade mot samma himmel. Hon bet sig i läppen för att inte börja gråta. Rättade till de skira gardinerna och slängde sedan sin rosa sidenmorgonrock på sängen. Väl inne i duschen kom tårarna, de strilade med duschvattnet ner över hennes kropp. Hon frossade i duschgelé och smekte med händerna över sin bara kropp men lättade på händerna när de tvålade in de ännu fasta brösten. Rädslan över att finna någon ojämnhet i brösten fanns där alltid. Även om hon visste att kvinnor bör utforska sina bröst, vara observanta på förändringar, hade hon en panisk förskräckelse för sina bröst. Ville inte få bekräftat, ville inte tro, äsch, en på fyra, varför skulle just hon få bröstcancer? Marianne skämdes över att hon var så fixerad vid cancer. Till och med när Rutger och hon hade älskat, ja tidigare, då han ännu kunde, hände det ibland att hon blev stel av skräck om han stannade upp i sin smekande rörelse över brösten.

– ÄR DÄR NÅGOT? kunde hon säga. Känner du någon knuta?

En gång när hon med pekfingret känt efter om spiralen satt kvar, tyckte hon att det kändes annorlunda. Hon drog snabbt ut fingret och försökte förtränga det hela. På kvällen när Rutger och hon älskade frågade hon plötsligt:

– Känns det som vanligt?

– Vadå som vanligt? hade Rutger stönat.

– Där känns inget då?

Rutger hade krympt ihop i hennes kropp och han hade vältrat sig över i sin säng, slocknad, besviken, det dröjde länge innan han åter närmade sig sin hustru.

Det hettade i Mariannes kinder. Kanske hade det inte alltid varit så lätt för Rutger heller. Kanske var det rent av så, att hon själv var orsak till hans minskade förmåga.

Hon skruvade av varmvattenkranen och lät vattnet kylas ner tills det flöt som kalla glaciärer längs hennes kropp. Bröstvårtorna stelnade och brösten blev som uppnosiga terriers. När hon kom ut ur duschen hade Rutger redan gett sig iväg till arbetet. Marianne lade sig naken på den vinröda kanapén. Det var som om Rutgers värme ännu fanns kvar i den. Hon tog emot den och blickade åter ut mot den kalla morgonhimlen. Hon log och ett svagt hopp tändes i hennes ögon.

KAPITEL 14

Tredje veckan i december fick Tilda och Elida telefonsamtal från Alvar. Han undrade om de kunde skruva upp värmen i hans hus eftersom han ämnade komma till Borrby den tjugoandra. De båda fröknarna blev glada över beskedet. De behövde muntras upp. Sista tiden hade de levt i en ständig oro över att inga order inkommit till Box 108.

– Alla har så mycket att stå i nu till jul, försöker Tilda trösta.

– Men tänk om ingen vill köpa och vi som inhandlat både kaffebryggare och sprit, dessutom kostat på en dyrbar annons till ingen nytta och så postboxen.

– Men det är ju bara drygt fjorton dagar sedan annonsen blev införd, vi får lugna oss, säger Tilda än en gång för att trösta systern. Visserligen hade hennes mod också börjat sjunka, men glädjen över att Alvar snart skulle komma igen, gjorde att hon trots allt såg ganska ljust på tillvaron.

Redan den tjugonde började systrarna att plocka fram sitt julpynt. Sista åren hade det blivit allt mindre. Adventsljusstaken och änglaspelet och så julkrubban förstås, men allt annat lät de bli liggande i sina lådor.

– Det är ju bara vi två, brukade Elida säga, det är inte lönt att dra fram mer. I år blev det emellertid annorlunda. Kulor, girlanger, halmbock, ja allt kom fram. De båda var som förväntansfulla barn inför julen.

– Kanske skulle vi skaffa oss en julgran också, säger Tilda på kvällen.

– Tok, säger Elida, någon måtta får det väl vara. Men en enruska i hörnet med lite grannlåt i kunde vi kanske ordna.

Sent på kvällen den tjugoförsta var de klara med julförberedelserna. Det lilla huset formligen glänste av all grannlåt. Brunkålen var färdig, skinkan kokt och griljerad och de nytvättade trasmattorna i köket doftade såpa. De stupade i säng den kvällen. Inte på många år hade julförberedelserna tagit så hårt på krafterna.

Utanför i trädgården föll tunga snöflingor och inne i Alvars hus knäppte elementen i sin kamp för att värma upp de kyliga rummen. Ja, kylan hade kommit hastigt och även om de båda systrarna numera eldade i sitt nya sovgemak, så började det bli kallt fram emot natten när elden slocknat i spisen och vinden sakta sökte sig in genom de gistna fönsterlisterna. Det var därför som deras långa, kalla fötter under vinterhalvåret låg väl instuckna i var sitt par hemstickade raggsockor.

– God natt, säger Tilda medan sömnen fångar henne.

– I morgon kommer Alvar, sluddrar Elida.

– Ja, det gör han, säger Tilda och de båda systrarna kryper närmre varandra i tyst samförstånd och de andas djupt av både trötthet och glädje.

Nästa morgon var gnistrande vit. Den nyfallna snön knarrade under skorna när de båda systrarna gick till dasset för att uträtta sina morgonbehov. Tildas ärende var mera brådskande så hon fick gå först medan Elida tåligt väntade utanför. I den kyliga morgonen stod andedräkten som ett moln ut genom Elidas mun när hon talade.

– Han har inte kommit ännu, nästan viskar Elida genom springan till dasset.

– Jaaasså innnte, stönar Tilda.

Elida förstod att systern var så att säga inne i ett viktigt skede och att konversationen borde vänta.

– Men klockan är ju inte så mycket ännu, säger Tilda plötsligt med lätt och obesvärad röst och Elida förstod att Tildas morgonbestyr var avklarade.

Så bytte de båda plats och det var Tilda som stod ute i kylan och tittade över det vinterfagra landskapet men mest tittade hon förstås in mot Alvars hus som låg tyst och öde.

När de väl är inne i huset igen började de plocka fram till frukost. Tilda dristade sig till att sjunga en liten stump.

– I sommarens soliga dagar, sjunger hon med sprucken röst, full av inlevelse.

– Tok, skrattar Elida, det är vinter nu och inte sommar.

Tilda bytte snabbt melodi och fortsatte: Bjällerklang, bjällerklang, men så kom hon inte på fortsättningen och började istället att tralla. Elida hoppade in i trallen och snart skrattade de båda systrarna både länge och väl. Att de hade längtat efter denna dag var inte att ta miste på.

– Vi borde kanske smaka en bit av skinkan, säger Tilda.

Elida tvekade men så tog hon fram den stora kökskniven och skar var sin präktig skiva som de la på sina smörgåsar.

Först fram emot eftermiddagen anlände Alvar. Han bar på två stora, tunga resväskor och fröknarna Svensson hoppades att han skulle stanna länge.

Både Tilda och Elida var rastlösa och de beslöt sig för att baka struvor vilket varit en sed att göra just den tjugoandra. Det var en omständlig procedur att baka struvor eftersom det var svårt att hålla rätt temperatur på det flytande fettet. Men de hade vanan inne och visste precis när de skulle lyfta av kastrullen från spisen för att få ner temperaturen lite. Elida doppade försiktigt ner struvjärnet i smeten och sedan i det nästan kokande fettet. Det fräste till och en underbar doft spred sig i köket. När struvorna släppt järnet tog Tilda vid och strödde lite socker över de fina bakverken. Det tog tid att baka struvor men de samtalade hela tiden och högen av struvor växte snabbt.

De pratade om gamla tider när mor Elna gjorde sina julförberedelser, om den stora slaktedagen då huset sjöd av liv. På slaktedagsafton som de kallade den, när korven var stoppad, köttet malt och syltan pressad, ja då brukade smedmästare Svensson äta en riktig "flottemad". Det var mörkt bröd som han bredde med stelnat ister med tillsats av lök och timjan. Han brukade se riktigt högtidlig ut när han saltade smörgåsen och bet första tuggan och gav ifrån sig ett nöjt grymtande av välbefinnande. Till smörgåsen tog han en besk och mor Elna såg alltid lika stolt och glad ut när smedmästaren öste sitt beröm över hustrun och hennes kokkonster. Det var inte ofta som han tog till berömmande ord men på slaktedagsafton gjorde han det alltid och så till midsommar när han provsmakade mor Elnas sillinläggningar, nedsköljda med ett glas starkt. Det var högtidsstunder som de båda systrarna för alltid sparat i sina minnen. Smedmästaren var också lite extra givmild de dagarna. Brukade ta fram en strut med bröstkarameller och bjuda sina barn. De sög både länge och väl på sina karameller men tog ut dem med jämna mellanrum och jämförde vem som hade mest kvar.

– In med slibbet i trynet, brukade fadern säga med låtsasbarsk röst och så skrattade alla.

Julарna var inte som förr, men just idag kändes det i alla fall som något extra.

Så plötsligt hördes de tre välkända knackningarna på dörren och så stod Alvar där i all sin glans.

– God Jul i stugan, säger han och ger de båda systrarna en kram.

Han överlämnade en korg full av de vackraste blommor.

– Som ett tack för att ni varit vänliga att titta till mitt hus.

– Men ojdå, säger både Tilda och Elida i mun på varandra. Inte skall vi ha något för det.

– Det är då det minsta, säger Alvar och drar ljudligt in de ljuvliga dofterna från de nybakade struvorna.

– Vad är det för himmelska dofter som ringlar sig in i min avgasförskrumpnande näsa, säger han och skrattar.

– Struvor, säger Tilda stolt, och Elida har redan satt på kaffe så han ska allt få smaka också.

Snart satt de där alla tre kring det lilla köksbordet och drack kaffe och njöt av de nybakade struvorna.

– Som ni kan, säger Alvar medan han biter i den spröda kakan.

– Äsch, sådana har vi gjort i alla år.

– Här är så rofyllt och hemtrevligt, säger Alvar med en suck, så långt från stress och bilar.

De båda systrarna skämdes lite när de tänkte på allt snärj de haft sista tiden med sin nyöppnade firma. De hade gömt burkar och tillbehör ute i brygghuset för säkerhets skull. De hade lovat vid Gud, att det skulle bli en väl förborgad hemlighet med det potensökande medlet.

Vid kaffebordet hade systrarna berättat om gamla julseder från bygden och Alvar ville bara höra mer och mer. Först klockan åtta på kvällen gick han och då hade de bestämt att han skulle fira julafton med dem. Ja, Alvar hade givetvis handlat hem julmat han också så de bestämde att de så att säga skulle slå sina påsar ihop och duka upp gemensamt vad de inköpt.

Det var en overklig känsla och hade inte blommorna och hyacintdoften stannat kvar sedan Alvar givit sig av, hade de trott att det hela varit en dröm.

– Tänk, säger Elida, fira julafton med byrådirektör Klemens, det skulle bara Rutger veta.

Det blev inte mycket sömn den natten. Inne i den gamla järnsängen fortsatte samtalet.

– Tror du våran mat räcker? säger Tilda oroligt.

– Visst, svarar Elida med säkerhet i rösten, men vi borde kanske koka lite gröt.

– Kanske rent av köpa lutfisk, flikar Tilda in.

De hade tidigare bestämt att de skulle åka in till Simrishamn lillejul för att titta i postboxen, de kunde ju köpa de varor som saknades när de ändå var i stan.

Först när Tilda somnat, märkte Elida att de glömt att lägga av sig tänderna. Hon tog försiktigt av sig garnityret och lade det på sängbordet. Hon ville inte väcka Tilda som redan sov. Dessutom hade hon fått upp den rätta sängvärmen och ville ogärna stiga upp och kyla ner sig. Den tandlösa gommen smackade till ett par gånger innan sömnen nådde även Elida.

KAPITEL 15

Redan klockan nio följande morgon stod fröknarna och väntade på bussen in till stan. Just då kom Alvar förbi i sin stora, blanka bil. Han stannade när han såg dem och virade ner fönstret.

– Vill damerna ha lift till stan, säger han vänligt.

Och så satt de där, raka och högtidliga i baksätet på Alvars bil, på väg in mot stan med sin stora shoppingväska i knät. Karna Bengtsson stod nere vid handelsboden och systrarna sträckte extra på sig för att Karna skulle se dem. När de närmade sig stan sa Alvar:

– Jag tänkte jag skulle till systemet och handla lite julsprit.

– Vi skall till posten, säger Tilda.

– Och skicka ett paket, skyndar sig Elida att säga för att Tilda inte skall försäga sig.

– Bra, säger Alvar, då släpper jag av er vid posten och så kan vi mötas på torget om en timma, blir det bra?

– Det blir bra, säger Tilda, vi skall bara i en affär utöver posten.

Snart stod de på postens trappa. De förvissade sig först om att Alvar hade kört innan de vågade gå in vid postboxarna och försiktigt stoppa nyckeln i Box 108. När Elida gläntade på luckan vällde breven ut och i ren förskräckelse smällde hon snabbt igen luckan De tittade sig förfärade omkring för att se om någon hade sett.

Människor for ut och in på postkontoret men ingen tycktes ha sett något. De båda systrarna stod som paralyserade.

– Öppna då, säger Tilda.

– Men såg du inte, flikar Elida in. Där var ju fullt...

Elida öppnade igen och Tilda höll upp kassen medan Elida föste ner alla brev.

– TITTA MAMMA, SÅ MYCKET POST, halvskrek ett litet barn.

Elida smällde skuldmedvetet igen postboxen utan att märka att Tilda satt fingret emellan.

– AJ, skriker Tilda högt och Elida öppnade luckan igen, så hastigt att en del brev föll på golvet. De båda systrarna hukade sig hastigt och stoppade ner de sista breven i kassen.

Så stod de där, smedmästare Svenssons båda döttrar, med en väska full med beställningar på potensökande medel. Deras hjärtan slog och upphetsningens rosor hade slagit ut i full blom på deras kinder. Väl inne i snabbköpet var de fortfarande alltför omtumlade för att göra några välplanerade inköp. Det blev lite planlöst plockande på hyllorna, men lutfisken fick de.

När de en timma senare på nytt klev in i Alvars bil kände de sig trötta som efter en hel dags slit.

– Folk är tokiga, säger Alvar.

– Ja, svarar Elida matt.

– Kom paketet iväg som det skulle? fortsätter Alvar.

– Vilket paket, säger Tilda och Elida ger henne en kraftig puff i sidan.

– Jodå, vårat paket kom iväg, säger Elida med stadig röst. Det var en julgåva till vår bror i Örebro. Då först kommer de på att de glömt sända en julhälsning till Rutger och Marianne.

När de kom hem igen, sa ingen något om breven. I tyst samförstånd gick de ut i brygghuset och satte väskan bredvid glasburkarna.

De hjälptes åt att plocka in varorna i skafferiet och sjönk sedan trötta ner vid köksbordet. Det hade blivit lite för mycket, först det planerade julfirandet med Alvar och så alla brev. Det var märkligt att en sådan stor händelse i deras liv, som alla beställningarna innebar, inte skulle föranleda någon diskussion. Det var som om ingen vågade börja, oron att inte ro det hela iland, och så lite skam, det fanns där allt. Men, inte ett ljud sa de, inte ett ljud.

– Vi borde ringa Rutger och önska God Jul, säger Tilda.

– Ja, suckar Elida och skämdes över att de för första gången på alla år glömt att skicka en julhälsning till sin bror och hans familj.

– Vi får allt vara lite vänliga mot honom, säger Tilda. De sista gångerna har det nog varit lite si och så.

Elida gick ut i hallen och slog Rutgers nummer.

– Hej Rutger, det är Elida. Tilda och jag ville bara önska er en God Jul. Vi fick inte iväg julkorten i år förstår du.

– Jodå, vi mår bra det gör vi.

Tilda nickade instämmande.

– Men det har varit så mycket. Åjo, det finns alltid att göra minsann.

Tilda hade rest sig och står nu viskande bredvid sin syster.

– Säg att vi får främmande till jul, viskar hon.

– Sch, tystar Elida

– Äh, det är bara Tilda, förklarar Elida. Hon ville berätta att vi får främmad till jul.

– På julafton ja, säger Elida. Rutger är du där? Det blev så tyst. Byrådirektör Klemens. Ja, han satt ensam och vi sitter där vi sitter, så vi tänkte. Efter våra pengar? Han har nog vad pengar han behöver. Det var inte snällt sagt Rutger. Alvar skulle aldrig. Vad sa du? Skall Marianne åka till franska Rivieran. Det ligger väl långt bort? Det är väl inget problem mellan er Rutger, eftersom hon åker själv menar jag.

Rutger vrålar så hans röst fyller hela huset:

– DET ÄR INGET PROBLEM, skall ni nu också börja.

– Såja, säger Elida förskräckt över broderns utbrott, jag bara undrade ju...du mår väl bra Rutger?

– JAG MÅR BRA, vrålar Rutger på nytt, OCH DET ÄR INGA PROBLEM, och God Jul.

Så knäppte det till i telefonen.

– Han lade på telefonluren, säger Elida förvånat.

– Men så brukar han aldrig göra, säger Tilda oroligt. När skulle Marianne åka?

– Den 27:e.

– Vi får bjuda hit Rutger några dagar då, om han kan få ledigt vill säga, säger Tilda.

– Men vår firma då och alla beställningar?

Tilda hoppade till och tog sig för hjärtat.

– Det sticker i vänsterarmen, säger hon förvånat och det känns på RIKTIGT.

Hon hade inte behövt ta till knepet på länge och inte nu heller för delen för det kändes verkligen på riktigt och det gjorde henne rädd. Elida föreföll också förvånad över att Tildas krämpor återuppstått och hon hjälpte sin syster varligt bort till köksstolen.

– Såja, sitt du här så skall jag sätta på en riktigt god kopp kaffe åt oss.

Tilda tyckte redan det kändes bättre, men deras tillvaro den var kaotisk, det var den. Förr kunde det hända en sak på ett halvår, men nu bara hopade sig problemen och på samma dag.

Efter att ha druckit kaffe och tagit en middagslur kände de sig emellertid bättre. Beställningarna, bestämde de, skulle ligga kvar i brygghuset till efter juldagarna och bestyren i samband med deras julfirande med Alvar var bara ett kärt besvär. Kvar fanns då det där med Rutger och det fick lösa sig bäst det kunde, kanske var han bara tillfälligt ur balans.

– Vi borde kanske ge Alvar en julklapp, säger Tilda när det närmade sig kvällningen.

– Det är dumt att börja, säger Elida, det är bara byte det där med julklappar. Bäst att var och en själv köper vad dom behöver.

Plötsligt var det som om smedmästare Svensson stod hos dem i köket. Ja, det var precis hans ord.

– Byta paket. Tokerier och utkastade pengar, brukade han brumma.

Men det syntes att Elida ändå tänkte på vad Tilda sagt och far deras var ju död, hon säger lite försiktigt:

– Men vad skall vi kunna ge Alvar? Han har ju allt.

De tänkte både länge och väl. Så gick Tilda bort till skrubben där hemgiften fanns förvarad. Hon plockade fram den stora, bruna lådan med bandet omkring och snart stod de båda och begrundade vad som fanns.

– Men titta, säger Tilda. Där är ju de röda grytlapparna med hjärtan på.

– Dom ser riktigt juliga ut, skrattar Elida.

Det var nästan det enda i lådan som inte var förfärdigat av någon i huset.

– Det var dom som mor vann på Röda korsets julbasar.

– Aldrig använda heller, säger Tilda samtidigt som hon skjuter in lådan igen.

Det behövdes ingen diskussion, det märktes att båda tyckte grytlapparna var en lämplig julgåva åt Alvar.

– Vi kanske skall vänta först, för att se om vi får något.

Tilda fnyser.

– Har vi kanske inte fått mycket redan? Choklad, blommor och så alla tidningar.

– Visst, visst, lugnar Elida.

Tilda hörde inte vad hon sa, hon sökte redan i skåpet bland pappren, ja, de hade ett skåp där de förvarade omslagspapper. Det var papper som de fått om julklappar och födelsedagspresenter från Rutger och hans familj. De tyckte att de kunde vara bra att ha. Visserligen gav de aldrig bort presenter längre, men man visste ju aldrig och just nu var Tilda glad över att de sparat på de vackra omslagspappren. De hade slutat ge julklappar till Rutger och hans familj när barnen blivit stora och lämnat hemmet. Men ett julkort brukade de sända och Tilda skämdes på nytt när hon tänkte på deras försummelse detta år.

– Det här blir väl bra? säger Tilda och visar ett blankt, rött papper med små vita krumelurer på som liknade snökristaller. Elida ser kritiskt på papperet, drar med handen över det för att stryka bort ett veck.

– Det syns inte när paketet är inslaget, säger Tilda.

Hon slog först in grytlapparna i fint silkespapper, därefter i det blanka ytterpapperet.

Elida hade försvunnit in i finrummet. Tilda hör att det knirker i en låda och snart står Elida stolt i dörren och visar upp ett rött sidenband.

Ja, nog blev paketet fint alltid. De lade det uppe på drängskåpet i hörnan och deras blickar sökte sig ofta dit upp den kvällen.

KAPITEL 16

Julaftonsmorgonen var gnistrande vit. Solen sken och den nyfallna snön låg tung på grenarna. Det kändes som en riktig gammeldags jul, med förväntningarna och dofterna från spisen. Tilda tog fram de höga stövlarna från skrubben. Snön låg djup och det brukade alltid samlas en liten driva nere vid dasset.

På eftermiddagen stod allt klart. Enriset doftade gott från det gamla Höganäskruset och köksbordet dignade av läckerheter och de små fönstren var igenimmade av allt kokande och pytsande vid spisen. Alvar hade talat om vad han ämnade ta med sig, så att det inte skulle bli dubbla julskinkor eller syltor. Men det som Alvar planerat att ta med, hade aldrig någonsin funnits med på de båda systrarnas inköpslistor, men det kunde ju inte Alvar veta.

Den sista timman sniglade sig fram. De rättade till på bordet, flyttade om och tittade sig då och då i spegeln. Spisrosorna glänste på kinderna och Tilda hade tittat i sin gamla handväska om pudret fanns kvar, så hon kunde dämpa rodnaden. Men när hon fått upp puderasken mindes hon plötsligt. En gång för många år sedan hade hon glömt sin handväska utanför dasset när de kom hem en kväll efter ett kyrkligt möte. Det hade regnat hela natten och på morgonen när hon fann väskan var den genomsur. Det hade varit mor Elnas väska och den var i riktigt skinn, så Tilda ville inte kasta den trots att den blivit hård och stel av regnet. På utsidan fanns en vit rand av fukt. Pudret hade blivit blött och sedan stelnat till en hård kaka. Nåja, tänkte Tilda, det får klara sig ändå.

Alvar var punktlig som vanligt och precis klockan sex hörde de honom stampa av sig snön på farstutrappan. Tilda hann öppna innan han knackade. Hon visste ju att han skulle ha förning med sig.

– GOD JUL i stugan, säger Alvar med ett leende som knappast syntes bakom alla påsar och kassar.

Tilda och Elida trängdes vid vaskbordet när Alvar började packa upp.

– Rökt ål, gravad lax, fårfiol, rökt kalkonbröst och glögg. Eftersom jag inte är så huslig av mig, får jag föra till bordet dom enklare rätterna skrattar han, men tystnar plötsligt när han ser det framdukade bordet.

Han stod tyst en lång stund och bara studerade härligheten. Tilda och Elida kände sig oroliga, var det något som fattades tro?

– Vilket överflöd, säger Alvar och gnider sig på magen. Jag har då aldrig sett på maken. Men inte skulle ni göra er ett sådant besvär, säger han imponerad.

De båda systrarna kände en omåttlig stolthet.

– Äsch, säger Tilda det är bara den vanliga julmaten.

Hon vågade inte titta på Elida för det där stämde inte riktigt. Så mycket julmat hade inte stått på deras bord sedan de var små och släkten var på besök. Alvar gick bort till spisen och lyfte på locket till en av grytorna. Han myste av välbehag.

– Hemlagad brunkål, ni vet allt vad en stackars ungkarl behöver.

Både Tilda och Elida hade sett att det låg två paket i botten på den ena påsen och det gjorde dem förstås extra nyfikna.

– Har ni någon liten gryta, säger Alvar och öppnar en flaska.

De båda systrarna såg förvånade ut.

– Tänkte värma lite glögg att börja med.

Medan Tilda tog fram en liten emaljerad gryta plockade Alvar upp en påse med russin och mandlar.

– Jaha, glögg, säger Elida som om de drack det varje jul.

Men när Alvar tog fram russinen och mandlarna mindes hon att de faktiskt druckit glögg förut, hos Rutger och Marianne för många år sedan.

En härlig kryddoft spred sig i det lilla köket och snart satt alla i rad på kökssoffan med var sitt glögglas. Ja, glöggmuggar fanns ju inte bland inventarierna i de gamla köksskåpen, men Alvar hade bedyrat, att det gick precis lika bra med de vanliga små dricksglasen.

– God Jul på er, säger Alvar och höjer glaset.

– God Jul själv, säger systrarna Svensson och tar var sin rejäl klunk.

Tilda höll på att storkna som den gången i advent när de drack kyrkkaffe. Det värmde gott och de båda systrarna kände en sann lycka i sina skrangliga kroppar. Alvar gav dem påtår och de var inte nödbedda.

– Varsågod och slå dig ner, säger Tilda och drar fram en pinnstol till Alvar.

Alvar åt och åt. Han njöt av välbehag och gav berömmande ord till sina grannar. Även Tilda och Elida åt med god aptit. Det smakade alltid bättre när man hade sällskap. Den rökta ålen smälte i munnen och laxen var en ny bekantskap för dem. Ingen av dem hade tidigare ätit lax i denna form. Fårfiolen var visserligen god i smaken men den var besvärligare eftersom köttet behövde tuggas mer. Glöggen och sillsnapsarna hade som vanligt fått deras gommar att slappna av och liksom krympa ihop. De åt länge, skrattade och pratade och det var först nästan två timmar senare som den sista skeden risgrynsgröt förenade sig med det övriga i de fyllda magarna. De hjälptes åt att bära undan från bordet, ja även Alvar. Rutger hade aldrig bekymrat sig om sådant. Det var kvinnfolkets sak menade han och brukade istället inta ryggläge på soffan i avvaktan på att allt skulle vara klart i köket.

Denna jul firade Rutger och Marianne ensamma för första gången. Deras barn var hos sina respektive svärföräldrar så det kändes tomt och ensamt. Rutger hade krävt att inget skulle saknas på julbordet medan Marianne menat att man kunde väl dra in på något nu när de var ensamma och hon dessutom snart skulle flyga till Rivieran. Som vanligt vann Rutger och bordet stod framdukat med alla läckerheter.

– Byrådirektör Klemens, fnyser Rutger. Jag undrar vad det är för någon sol-och-vårare dom råkat ut för.

Han kände både nyfikenhet och rädsla. De hade förändrats systrarna och han kände att han inte längre hade inflytande över dem.

– Ta lite skinka till Rutger, säger Marianne vänligt, den är mager och fin.

– VADÅ MAGER? säger Rutger och höjer rösten.

– Mager, ja inte mycket fett menar jag.

– Till och med på självaste julafton måste du hålla på. Tror du inte jag förstår piken kanske? MAGER som om jag var för fet och skulle sättas på diet. Var det inte så du menade kanske? VAR DET DET? nästan vrålar Rutger.

Marianne fick bita sig i läppen för att inte börja gråta. De åt under kompakt tystnad.

– Räck osten, säger Rutger i snäsig ton. Hoppas att den inte är lika fet som jag. ÄR DEN DET MARIANNE? SVARA FÖR HELVETE människa. Är osten fet, gammal och äcklig liksom jag?

Han ställde sig upp och gjorde en vid gest med armarna. Marianne svarade inte, hon tittade ner på sin tallrik och tuggade medan maten växte i munnen. Rutger satte sig häftigt ner igen. Han tittade lite försiktigt mot Marianne.

– Nu tar vi oss en hutt gumman, säger han med spelad hurtighet.

Det var det som var så svårt med Rutger. Man visste ibland inte vad som var ironi eller vänlighet. Marianne höjde stelt glaset och tittade försiktigt upp mot Rutger. Jo, hans ögon hade fått tillbaka sin värme, men ändå höll hon sig avvaktande som om hon väntade på nästa utspel.

I Borrby var stämningen äkta och munter. Alvar hade satt enrisruskan mitt på golvet och propsat på att de skulle dansa kring den.

– Räven raskar över isen, räven raskar över isen.

– Nej, nu orkar jag inte mera, skrattar Tilda och slår sig på knäna.

– Du milde, utbrister Elida, nu måste vi ha kaffe och julkakor.

Alvar blev plötsligt allvarlig.

– Så här roligt har jag inte haft på många år, säger han, och det är er förtjänst. Han går bort till sin kasse och tar upp de två paketen som han överlämnar till de båda systrarna.

– Men inte ska vi

– Jo, det är det minsta jag kan göra för er. Det är bara en liten sak för att det skall kännas som riktig julafton.

Tilda och Elida tummade på paketen som om de var rädda för att ta av det vackra papperet och guldbandet.

– Men öppna då! säger Alvar otåligt och så började de veckla av det fina omslaget så försiktigt. Lådan inuti var tejpad och det tog en bra stund innan innehållet uppenbarade sig.

De båda systrarna flämtade till. Var sin färgglad sidenscarf och så var sina par handskar i äkta skinn.

– Åh, tack, men det är då alldeles för mycket.

– Ånej, ni är guld värda men ni får nöja er med detta, skrattar Alvar.

– Vi tar kopparna i rummet, säger Tilda till systern.

– KOPPARNA? säger Elida förvånat, dom har vi ju redan burit ut.

– Inte dom, säger Tilda och nästan drar in systern i finrummet.

– Vad tar det åt dig, säger Elida, vi har ju...

– Äsch förstår du inte? Vi kan ju inte bara ge Alvar ett par grytlappar i bomullsgarn.

Nu förstod Elida och hon sände ett varmt leende till sin syster.

– Kan vi inte ge honom fars fyra grogglas med etsningarna? Dom använder vi ju aldrig ändå.

– Visst, säger Elida, men dom är ju inte inslagna.

– Var blir ni av, ropar Alvar från köket.

De båda systrarna rusade snabbt ut igen. Elida gick bort till drängskåpet, tog ner paketet och överräckte det till Alvar.

– Mest på skoj, säger Elida, bara för att det skall kännas som riktig jul och så skrattade alla.

Medan Alvar öppnade sitt paket, smög Tilda in i rummet och tog fram grogglasen.

– Titta, säger Alvar med förtjusning. Grytlappar. Hur visste ni att jag alltid bränner mig. Han visar översidan på handen, där fanns ett litet brännmärke.

– Och fina är dom, tack skall ni ha.

– Dessa har vi inte slagit in, men dom är till dig, säger Tilda och sätter de fyra grogglasen på bordet.

– Nej, det kan jag bara inte, säger Alvar.

– De har varit fars, säger Elida stolt, men vi använder dom aldrig.

Alvar förde försiktigt fingret över etsningarna

– Dom är verkligen vackra. Han reser sig upp och kramar om sina båda grannar.

Snart satt alla runt det dukade kaffebordet med pepparkakor, klenetter och struvor.

– Den här julen skall jag aldrig glömma, säger Alvar. Precis som min barndoms jular, med all mat, ljusen, änglaspelet och den fula halmbocken.

Ja, nog skrattade de ofta och länge den kvällen och först vid elvatiden gick Alvar hem till sitt. Tilda och Elida satt uppe en lång stund och bara njöt. De svepte sina nya scarfs om nacken och tog en försiktig titt i spegeln. De lade sina julklappar på sängborden och innan de släckte sa Elida:

– Det här var allt en riktig julafton Tilda.

Kölden knäppte i grenarna där ute och iskristallerna gnistrade på fönstren men där inne fanns fortfarande dofter och värme kvar.

I Örebro hos Rutger och Marianne var också julaftonen över. Rutger hade varit riktigt snäll och vänlig resten av kvällen men någon riktig julstämning ville inte infinna sig. Rutger sov tungt medan Marianne låg och stirrade upp i taket. Hon längtade efter barnen, sin ungdom och jularna förr. Hon kurade ihop sig till en liten boll och kände sig oerhört ensam.

KAPITEL 17

Dagen innan Alvars hemfärd kändes lika vemodig som dagen då han bröt upp efter sommaren. Ändå låg en viss spänning i luften. I brygghuset stod en hel rad med burkar som bara väntade på att fyllas med potensökande medel. Den gamla shoppingväskan var full med beställningar, så nog skulle de ha sysselsättning den närmaste tiden alltid. Alvar hade varit inne hos Tilda och Elida flera gånger under julhelgen och de hade hjälpts åt att äta upp resterna av julmaten. Alvar var som vanligt berömmande och de båda systrarna sög åt sig av uppmärksamheten. Det kändes som de plötsligt blivit betydelsefulla.

Alvar hade inte hunnit mer än till första avtagsvägen när de båda plumsade ut i den djupa snön för att komma till brygghuset. Rutgers stora, blanka apparat som han bryggt vin i, stod som ett monument över en svunnen tid. Bredvid stod en sparkstötting med sina rostiga medar. På smedmästare Svenssons gamla hyvelbänk stod de blänkande burkarna uppradade. Trädgårdsredskapen stod prydligt i rad vid den ena kortsidan. Tilda och Elida tittade sig försiktigt omkring som om de ville försäkra sig om att de var ensamma där inne. Men där var lika tomt och ödsligt som alltid. Spindelväven gungade i vinddraget och den unkna lukten blandade sig med doften från äpplena. De hade ju inte haft tid att ta tillvara årets skörd och konservera, men några kilo äpplen av de bästa, hade de tagit tillvara och lagt ut på tidningar för att kunna plocka in då och då under vintern.

Just som de skulle lämna brygghuset hörde de en bil och de skyndade sig in mot huset. Bilen for snabbt förbi och de båda systrarna pustade ut. Tilda så ljudligt att den hårtest som fallit ner i pannan blåstes rakt ut och stod som ett känselspröt med kurs mot den lilla förstugan.

De stampade noga av sig snön och satte sina stövlar på några tidningar som de lagt innanför dörren. Ja, tidningar brukade de till mycket. Att lägga äpplen på, att sätta fyr i spisen med, på dasset och som här, att sätta sina våta fotbeklädnader på.

De små fönstren i förstugan hade tunna tyllgardiner och i de smala fönsterkarmarna med den spruckna, grönmålade färgen stod plastblommor i olika färger.

Dagarna före jul hade Elida lagt vadd mellan de dubbla fönstren och placerat ut små röda svampar och kottar.

Tilda radade upp de små geléglasen vid vasken och Elida tömde ut alla beställningarna över köksbordet. De satte sig båda men sen hände inget mer. Lite förstrött krafsade de runt bland beställningarna. Det var en situation som var helt ny för dem och de visste inte riktigt hur de skulle angripa det hela.

– Skall vi räkna dom? säger Tilda, mest för att hon borde säga något.

– Äsch, där är så många som där är, svarar Elida snäsigt.

Det hade hon efter mor sin. Hon brukade alltid bli så frustrerad och irriterad när hon kände att hon liksom inte behärskade situationen. Som den gången, då mor Elna skulle hjälpa ordförande i kyrkliga syföreningen att göra en förteckning över vinsterna i ett lotteri. Hur hon än skrev, kände hon sig inte nöjd och hon snäste av sin make när han frågade henne var han lagt sina byxhängslen.

– Ser du inte att jag skriver? hade Elna sagt irriterat.

– SER? Jag ser, jag hör, jag känner. För tusan människa det är väl inte vinstförteckningen som är högsta vinsten? Kom ungar så går vi ut i trädgården tills lugnet lagt sig. Du har kanske skänkt mina hängslen till kyrkliga lotteriet, sa smedmästaren innan han med smygande steg tassade ut med sina båda flickor.

Ja, han var godsint och hade humor, även om han ibland kunde kasta ur sig lite hårda ord.

– Titta, säger Tilda här är en beställning från Stockholm.

– Får se! säger Elida misstänksamt. Ja, har man sett. Tänk att han skriver till oss för att få hjälp.

– Men tänk om det inte fungerar, säger Tilda oroligt.

– Klart det gör, säger Elida och hon såg riktigt självsäker ut när hon sa det. Hon hade tagit sig samman det märktes.

– Vi måste organisera det hela, säger hon och förvånades över det ord hon använde. Lägga dom i högar med texten åt samma håll.

– Varför det? frågar Tilda osäkert.

Elida förstod egentligen inte själv varför men kände att de liksom måste komma igång på något sätt.

Just som Elida fått ihop en prydlig bunt, vrålar Tilda:

– TITTA ELIDA!

Elida böjde sig fram och tittade. Hon studsade tillbaka på stolen och slog sig för bröstet.

– Herregud Tilda får jag se en gång till. Hon nästan slet beställningen från sin syster.

Marianne stod på flygplatsen och checkade in. Rutger vandrade oroligt fram och tillbaka. Han tände cigarren gång på gång eftersom han hade glömt att dra in.

– Nu glömmer du väl inte att vattna blommorna Rutger, säger Marianne.

– Nej då, jag skall inte glömma NÅGONTING. Var lugn bara. Jag klarar mig säkert, så det så. Ha det nu riktigt skönt. Bry dig inte om mig, njut och koppla av bara.

Nu var den där ironiska tonen där igen. Skulle han försöka ge henne dåligt samvete trodde han fel. Hon kände att hon gjort sig förtjänt av semester. Avgången ropades ut. Marianne gick bort till Rutger och gav honom en kyss på kinden.

– Ha det så bra, jag ringer.

Rutger lade sin arm lite tafatt om Mariannes midja

– Sköt om dig, och du, ha det så bra.

De sista orden hörde inte Marianne eftersom hon redan försvunnit in i folkmassan.

Vänta tills du kommer hem, tänkte Rutger, då skall du få se vad jag går för. Han sträckte på ryggen, höll in sin putande mage och drog ett djupt bloss på cigarren som redan hade slocknat.

Rutger var trots allt rädd om äktenskapet med Marianne och han var rädd för sin otillräcklighet i sängen. Vad han däremot inte visste, var att hans systrar just satt och studerade hans beställning i det lilla barndomshemmet Borrby 13:83. Smedmästare Svensson hade allt dött i rättan tid han och slapp vara vittne till allt det märkliga som hände.

– Men inte kan vi väl skicka till HONOM, säger Elida förfärad. Tänk om han känner igen mors geléburkar.

– Vi kan ju ta burken med mina laxeringstabletter, säger Tilda, dom har jag inget bruk för längre.

– Tänk om vi kan rädda Rutgers och Mariannes äktenskap, säger Elida som förstått att något var galet. Först Mariannes resa till Rivieran och så nu detta med Rutgers beställning.

Ingenting var sig likt i det lilla huset. De annars så inrutade tiderna existerade inte längre. Kyrkobesöken blev färre och de handlade hem för veckan vad de behövde för att slippa ranta ner till affären varje dag.

Denna kväll hade de med nedrullade gardiner filtrerat igenom till den första leveransen. De hade delat upp beställningarna, vilket innebar att de skulle sända iväg cirka 17 paket per dag. Det skulle ta 14 dagar innan alla order var levererade.

Tilda hade tagit fram papper och penna. Efter en stund kippade hon efter andan. Lägger över lappen till Elida och säger förskräckt:

– Elida, är detta rätt?

– Vadå rätt? svarar Elida förvånat.

– 47 600 kronor, säger Tilda med matt röst.

Elida rycker till sig lappen. Hon räknar under tystnad.

– Hur kan det bli så mycket? Hon räknar igen.

– Men spriten är dyr, säger Tilda, och kaffet

– Det dröjer inte länge tills vi kan få vårt dass inne, säger Elida med ett lyckligt leende på läpparna.

– Sen slutar vi.

– Men vi skulle allt behöva lägga ett nytt tak också.

När de gick till sängs denna kväll, stod den första leveransen klar. Elida hade haft svårt att packa in Rutgers beställning utan att skicka med en hälsning.

– Tok, sa Tilda det kan vi väl inte göra begriper du väl.

– Nej, det förstås, men när portot ändå är betalt känns det konstigt att inte få skicka med en hälsning. Hon förstod givetvis det omöjliga i det, men sparsamheten hade hon ärvt efter mor sin, som så mycket annat och den var svår att komma över.

– Där hade ni sparat ett porto om ni skulle skriva ändå, hade säkert mor Elna sagt om hon levt. Ja, ibland hade hennes sparíver gått till överdrift men så hade de ju också haft det knalt så det hade behövts. Hon tänkte på andra också, Elna, och ville hjälpa dem att spara. Ibland när Rutger hade ringt och haft mycket att berätta, avbröt hon ofta.

– Vi träffas ju till mors dag Rutger. Du kan ju berätta mera då så slösar du inte med minuterna. Tänk på att det är rikssamtal.

Rutger hade ofta känt sig olycklig och avbruten efter dessa samtal. När något roligt eller spännande hänt ville han berätta det då och inte till mors dag som kunde vara två månader senare.

Ja, sparsamheten hade de fått efter mor sin, men snart skulle de få det bättre ställt och kunde kanske kosta på sig lite extra lyx som att ringa till Rutger någon mer gång eller köpa var sin ny klänning.

Dagen hade rusat iväg och de somnade båda innan de hunnit säga godnatt till varandra.

KAPITEL 18

På vägen hem från flygplatsen stannade Rutger vid Pressbyrån. Anledningen var först och främst att han skulle handla cigarrer. Men medan han stod och väntade på sin tur började chokladkakorna se allt mer frestande ut. Äsch, Marianne var ju inte hemma så han slapp några syrliga kommentarer.

– En Havanna 2 och tre Dajm, säger Rutger när det blir hans tur.

När expediten hade lagt fram varorna på disken tittade sig Rutger om och fann att han var ensam i butiken.

– Och en FIB aktuellt, säger han snabbt och börjar planlöst gräva i plånboken.

– Något mer, säger expediten och ser helt obesvärad ut.

– Nej tack, säger Rutger utan att möta hennes blick.

När han betalat rafsade han snabbt åt sig varorna och försvann ut. Han drog ett djupt andetag, stoppade tidningen i innerfickan på rocken och gick med raska steg mot busshållplatsen. När han kommit hem lät han tidningen ligga kvar i rocken. Han vandrade rastlöst runt, satte sig sedan och tog fram dagstidningen som han redan läst. Slängde den irriterat åt sidan. Satte sig i stolen igen och tittade rakt ut i luften. Reste sig genast och gick snabbt ut i köket och satte på en kopp kaffe. Medan kaffet rann igenom låste han ytterdörren. Gick sedan bort till rockhängaren och tog upp chokladen och tidningen. Han lade det på köksbordet. På framsidan av tidningen låg en ung, vacker flicka med särade ben. Hon hade inte en tråd på kroppen. Hon hade ett förföriskt leende på läpparna och hade ett stadigt tag om sin ena bröstvårta. Rutger vände snabbt tidningen upp och ner. Han dukade fram en kopp innan han satte sig och slog upp nybryggt kaffe. Han vecklade upp den första chokladkakan, bet en bit, blundade och tryckte sedan in resten i ett svep. Han tog ett djupt andetag, slog upp första sidan i tidningen. Ett reportage om narkotikahandeln i Stockholm. Han började läsa. När han hade läst några rader bläddrade han snabbt fram några sidor, blev generad och återgick till reportaget. Efter ytterligare två minuter gav han upp inför sig själv. Han hade knappast köpt tidningen för att läsa ett reportage om narkotikahandel. Han öppnade ytterligare en chokladkaka, slog sig tillrätta och vände försiktigt, sida för sida. De var vackra flickorna, konstaterade han, unga vackra kroppar. Rutger stannade länge vid nästa uppslag. Han kände en ilning genom kroppen. Där fanns även män på detta uppslag, nakna män som uppenbarligen inte behövde skicka efter potensökande medel. Men så gjorde också flickorna saker med dem som Marianne aldrig gjort med honom. Hjärtat slog extra hårt på Rutger över vad han såg. Så ljöd plötsligt en ilskan telefonsignal. Rutger stötte förfärad till koppen och sköt snabbt in tidningen under köksduken.

– Svensson, svarar Rutger med hes stämma. Hej Tilda. Tack det samma. Jo, hon for i morse. Nej då, allt är som det ska. Han harklar sig för att få bort det tjocka i halsen.

– Ja, vi har haft det bra i jul och ni själva? Jaså? Jaha, skinnhandskar, det var väl trevligt. Är han kvar ännu? Nähä. Tack, det skulle vara trevligt, men du förstår någon måste ju vara hemma nu när Marianne rest. Blommorna och så. Men till sommaren kan vi kanske komma och så kan ju Marianne också följa med. Vad sa du ni hade till sommaren? TOALETT INNE!

Rutger tog fram en stol och satte sig.

– Men det är väl onödigt, fortsätter han. Har jag sagt? Ja, det har jag kanske men allting har ju blivit så dyrt nuförtiden. Jasså det har ni, ja då så. Tack för inbjudan i alla fall. Vi hör av oss när Marianne kommit hem igen.

Han stod stilla en lång stund sedan han lagt på telefonluren. När han återvände till köket var kaffet kallt i koppen. Han slog ut det i vasken och slog upp en ny kopp. Han sökte bland chokladpapperen efter sin sista bit choklad och blev besviken och irriterad när han förstod att han ätit upp alla tre utan att ens ha märkt det. Innan han tog fram tidningen igen, tittade han ut mot hallen och telefonen som om att han ville förvissa sig om att inte Tilda fanns kvar och kunde titta på honom.

Rutger blev mer och mer upphetsad för varje sida han vände och han kände till och med en ilning i de glenncheckrutiga byxorna. Det gjorde honom nästan irriterad. Kanske var det inte honom det var fel på? Var det kanske rent av hos Marianne som felet låg. Han insåg efter en stund att så inte var fallet. Men hon skulle allt få se när hon kom hem.

Först hade Rutger tänkt att spara tidningen för att kunna njuta av den fler kvällar, men så tänkte han på vad som skulle hända om han plötsligt fick hjärtslag och föll död ner. Det hade inte varit trevligt för Marianne och barnen att finna sin make och far död i huset med en sådan tidning. De kunde kanske rentav tro att han fått hjärtslag av vad han sett i tidningen.

Han bläddrade igenom den en gång till innan han bestämde sig för att elda upp den i kakelugnen. Han lade Svenska Dagbladet underst, sedan fyra rejäla vedträn. När han var säker på att elden tagit sig, rev han sida för sida ur tidningen och såg hur allt förintades till svart aska. Han sov tungt den natten med ett nöjt leende på sina läppar.

Men de båda systrarna sov inte ännu. De hade varit inne i stan med den första leveransen och på nytt tömt postboxen och även om där inte fanns så många beställningar denna gång så var där i alla fall ett tiotal.

De hade också varit på apoteket Göken, som Alvar skämtsamt brukade säga, och handlat mer starkt till kommande leveranser. De hade gått en liten sväng till Konsum för första gången i sitt liv. Det kändes stort och främmande men de njöt av allt vackert de såg när de gick i de breda, ljusa gångarna.

– Vi borde kanske köpa nya benkläder, säger Tilda försiktigt. Det finns så många nya kvaliteter som torkar snabbt och bra.

Det där med torkningen av tvätt vintertid var ett bekymmer. På sommaren kunde de hänga ut i trädgården och låta den soltorka, men på vintern var de hänvisade till att hänga tvätten på tork ovanför spisen. Deras rosa benkläder i silkepläterad bomull tog tid att torka och det var inte så trevligt att låta kläderna hänga uppe över grytorna om någon skulle komma.

Elida svarade inte men hon drog sig sakta bort mot en hylla där det låg underkläder i olika färger.

– Här finns ju ingen att fråga, säger Tilda högt. Underbyxorna är ju inte större än Melittapåsarna hemma.

– Kanske jag kan hjälpa till, säger ett vänligt biträde med högt, svart hår och långa, röda naglar som höll på att prismärka strumpor en bit ifrån.

– Äsch, säger Tilda, vi skulle ha benkläder men inga sådana, och så pekar hon på en svart liten trekant med spets som ligger överst på en hylla.

– Jag förstår, säger expediten och böjer sig ner i en låda och plockar upp damtrosor som var betydligt mindre än vad de brukade nyttja, men som ändå var stora nog för att dölja det som var avsiktligt.

– Har ni inte några större? säger Elida.

Expediten sticker in sina långa fingrar i trosorna och drar ut som för att visa att de är rymliga nog.

– Vi tar två par sådana, säger Tilda. Storlek 44.

– 44, säger expediten förvånat. Det är väl damerna själva som skall ha dom?

– Jodå, försäkrar de båda.

– Större än 40-42 kan ni då rakt inte ha, säger expediten och så blev det. Två par storlek 42 i bomull och polyester.

Innan de åkte hem hann de köpa två nya kulspetspennor och en kassabok som de skulle bruka i sitt nya företag.

När de kom hem hade de trots sina bestyr bestämt att de skulle bjuda dit Rutger nu när han var ensam. De skämdes över den lättnad de kände över att han tackat nej till deras inbjudan.

– Det var nog bäst som blev, säger Tilda. Till sommaren har vi lite modernare och då är det lättare att ta emot gäster.

– Var skall vi ha dasset? säger Elida.

Ingen av de båda systrarna hade ingående tänkt igenom planeringen inför de nymodigheter som skulle inrättas. Inte hade de tänkt på att vattenledningarna måste dras in till huset. Ja, vask hade de, med diskho, men inga ledningar framdragna. Vi kanske skulle prata med Olofssons son som gör alla reparationer till sommargästerna. Få råd var det skall placeras och hur mycket det kommer att kosta.

De hade inte handlat några matvaror i stan. De var noga med att gynna byns handlare. Skall sanningen fram var det kanske inte bara det, utan också för att det kunde födas misstankar om de plötsligt började handla sina varor i stan. Pratet kunde snabbt komma igång, Karna Bengtsson var en mästare på att få igång illvilliga rykten. Ja, henne kunde man inte lita på.

Kommande morgon gick de båda systrarna till handelsboden för att göra en del inköp.

– Det går väl inte hål på dom, säger handlaren och pekar på Melittapåsarna.

– Nej då, svarar Elida snabbt.

– Jag bara trodde, fortsätter handlaren. Ni köpte ju en ekonomiförpackning förra veckan.

– Äsch, säger Tilda vi har faktiskt förlagt dom andra. Hon skrattar stelt.

– Ja, ja, vi börjar bli lite till åren, säger handlaren förstående. Minnet sviktar ibland. Men vänta, snart hittar ni dom där ni minst kan ana det. Min fru blev av med sina glasögon för ett tag sedan. Ja, hon var helt olycklig, trodde hon tappat bort dom men så ett par dagar senare hittar vi dom i frysboxen. Han skrattade så pennan höll på att falla ner från örat. Så blir han plötsligt allvarlig igen.

– Var det något mera idag?

– Jag tror inte det, säger Tilda och tittar mot Elida.

På söndagen bestämde de sig för att gå till kyrkan. Halva leveransen var klar och de hade börjat få rutin. Visserligen var geléburkarna för länge sedan slut och de hade fått nyttja gamla medicinburkar till de sista paketen.

– Vi måste handla nya burkar när vi kommer till stan nästa gång, säger Elida medan hon värmer vatten på spisen.

– Ja, det får vi allt och etiketter, inflikar hon.

Elida drog ner rullgardinen och slog upp tvättvattnet i det gula, emaljerade tvättfatet. Plötsligt stod hon där som Gud skapat henne. Ja kroppen var proportionerlig, men ryggen började bli krum och benen allt smalare och senigare. Hon använde en hemvirkad tvättlapp som hon noggrant tvålade in och blaskade sedan varje millimeter av sin kropp. Av gammal vana var det alltid Elida som tvättade sig först. När hon var färdig trädde hon varligt de nya benkläderna på sig. Ja, stora var de inte men det som skulle fick plats.

Medan Tilda genomförde samma tvättningsprocedur vid det gamla tvättfatet tog Elida på sin söndagsklänning. Hon lade en ren näsduk i väskan, psalmboken som hon fått i konfirmationspresent och så en krona till kollekten.

De kände sig riktigt högtidliga de båda systrarna när de vandrade mot kyrkan. Visserligen kylde det lite vid låren eftersom de nya trosorna inte riktigt nådde ner till strumpkanten. Men de var tacksamma för att de inte köpt de små svarta.

Som vanligt var det högtidligt i kyrkan. Ljusen, orgelmusiken och alla söndagsklädda människor. De tyckte att Karna Bengtsson blängde extra på dem. Men de sträckte på sina ryggar för de hade minsann ingenting att dölja, inget som de behövde skämmas över i alla fall.

På måndagen var de inne i stan igen och då hade de första pengarna kommit för postförskotten. De kände sig rika då de lämnade postkontoret och stannade vid konditoriet för att köpa en god kaka med hem. Visserligen hade de julkakor kvar, men med en köpekaka hade det alltid varit något visst. Redan följande morgon ringde de Olofssons son. Han kom redan på eftermiddagen samma dag.

– Vi vill flytta in dasset, säger Tilda.

– Ja, inte det där ute förstås, rättar Elida, men vi skulle vilja ha en toalett inne så man slapp att gå ut.

Olofssons son var förstående. Han gav råd hur de på bästa sätt skulle kunna lösa det hela. Visserligen fick de offra en bit av sitt sovrum men det brydde de sig inte så mycket om. Det räckte med sängarna och sängborden, större yta behövde de inte. Vad som oroade mer var kostnaden som var mycket högre än de räknat med. Det var ju inte bara det där med dasset, det var golv, ledningar, tapeter och så själva porslinet.

Innan Olofsson gick hade de i detalj bestämt hur allt skulle vara. Med rör framdragna till vasken, badkar och handfat. Det var en stor dag i de båda systrarnas liv. Ja, råd hade de, det var inte det, men det blev lite mycket på en gång.

När de lagt sig på kvällen vred och vände de sig oroligt i sina sängar.

– Det skulle mor och far visst, säger Elida, hur modernt och bra här skall bli.

De tänkte tillbaka på sin barndom. Fem personer, ett utedass och inget vatten. Nu när de bara var två, skulle alla moderniteter finnas. De nästan skämdes men det var ju tidens gång tröstade de sig. Alla hade det så idag. Men inte hade de lidit av det på den tiden, de var inte vana vid annat. De minns vinterkvällarna när de stod i kö utanför dasset. Smedmästare Svensson hade berättat de hemskaste historier och ibland hade det varit som om kisset kom av sig och de hade slutat bestyren innan de egentligen var färdiga.

– Det var ett jäkla pinkande, brukade deras far säga när de strax efteråt öppnade det lilla pottskåpet och gjorde färdigt sina behov på den gamla Rörstrandspottan. Ja, det fanns många roliga minnen. Som den gången Tilda och Elida lagt på haspen på utsidan när Rutger satt på dasset. Det var deras granne Lantz som till slut hört Rutgers rop.

KAPITEL 19

På den lilla tidningsredaktionen där Rutger arbetade fanns bara nio anställda. De flesta hade arbetat där i många år och man kände varandra utan och innan. Stämningen var ofta rå men hjärtlig, även om den ibland före pressläggningen kunde vara ganska uppskruvad och forcerad.

Rutger kastade portföljen på sitt skrivbord. Han småvisslade och log vänligt mot kontorsflickorna. Han hade haft en god natt. Sömnen hade varit djup och han kände sig utvilad och lätt inombords. När Rutger öppnade nedersta skrivbordslådan för att leta efter ett papper, såg han ritningarna på omändringarna av sitt föräldrahem. En våg av olust sköljde över honom. Hans planer på ett sommarhus hade gått upp i rök. Eftersom Rutger var van att få som han ville, kände han ett styng av ilska i sin kropp. Att det skulle bli hans två systrar som skulle spoliera hans planer var det sista han hade räknat med. Han hade till och med varit så säker på sin sak att han låtit en arkitekt göra en ritning efter de önskemål som han lagt fram. Det hade blivit en dryg kostnad, till ingen nytta, och även om Rutger inte var snål som sina båda systrar, så tyckte han inte om att kasta ut pengar. De tar kanske sitt förnuft till fånga när de får höra hur kostsamt det blir, tröstade sig Rutger, och tänk på alla hantverkare som skulle springa där. På systrarnas smak litade

Rutger inte heller. Det blir säkert badkar och tvättställ i grönt och våttapeter med blommor eller medaljongmönster. Han såg Sven och Berits badrum framför sig. Sven och Berit var goda vänner till Rutger och Marianne. De hade köpt ett gammalt hus och till deras förfäran var badrummet i en äcklig, barnbajsgrön färg. Rutger rös till. Något i den stilen blir det säkert om de själva får bestämma. För den där Klemens var väl inte inblandad i deras byggplaner också? Ja, en osäkerhetskänsla hade de båda systrarna allt gett honom och det retade honom mer än något annat. Äsch, fnös han, jag skiter väl i deras hus och toaletten kan få ha en lila färg om det så är, det struntar jag blankt i. Men det gjorde han inte. Han var varmt fäst vid sitt gamla barndomshem. Han hade haft en fin barndom där. Kärlek och humor hade funnits och smedmästare Svensson hade varit mån om sin son, givit honom utbildning trots deras skrala kassa. Elna hade varit precis så godhjärtad som en mor skulle vara. Hennes famn hade alltid varit varm och öppen och Rutger kände att det började strama i kinderna som om han ville gråta. Hans barndomshem var en del av honom. Egentligen missunnade han inte sina systrar att bo där, det var inte det, men helst ville han förstås själv förfoga över huset, utan inskränkningar.

– Kaffe, ropar en av kontorsflickorna.

De brukade börja morgonen i lunchrummet över en kopp kaffe och gå igenom och fördela arbetet för dagen.

– Hur är det med gräsänklingen? skojar Mona, en yppig blondin som inget gjorde för att dölja sina former.

– Ser det ut att gå någon nöd på mig? säger Rutger med ett leende som delade ansiktet i två halvor.

– Det ser ut att ha varit en hård natt, säger den yngste tidningsmurveln, en 30-årig man med säckiga, gröna manchesterbyxor och svart polo. Rutger rycker till, men finner sig snabbt:

– Åja, du ser minsann alltid ut att ha haft en hård natt och med kläderna på, säger Rutger och pekar på hans skrynkliga byxor.

Stämningen är glad och uppsluppen och man sparar inte på krutet.

– Så, så, säger en annan skribent vi skulle kanske återgå till ordningen. Centralredaktionen vill att vi skall göra ett reportage om postorderbranschen. Det lär vara stora pengar i omlopp där, de flesta svarta kan man tänka så det kan kanske bli svårt att få någon att träda fram. Du har ju all tid till forskningsarbete nu när din hustru är borta, säger han vänd mot Rutger.

I lunchrummet låg en trave med veckotidningar som flickorna läste på lunchrasterna. Mona hade slagit upp sidan med postorderannonserna.

– Sexvideo för er med aptit på livet, läser hon högt. Här då! Hon pekar på en annan annons. Få vitare tänder med det nya universalstiftet eller denna, mina herrar, betonar Mona. Öka potensen. Nytt undermedel.

– Det vore väl något för er va? Börjar ni inte komma i den åldern nu kanske? Hon tittar mot Rutger och Björn som är jämngamla.

– Vad fan menar du med det? skriker Rutger.

Hans arbetskamrater såg förvånade ut.

– Det var visst minerat område, säger Mona. Förlåt, förlåt redaktören, men jag visste inte.

Rutger drog in ett djupt andetag och försökte återfå lugnet.

– Det kan väl inte vara något att skriva om eller hur? säger han.

– Eftersom så många skickar efter via postorder, kan det väl vara av allmänt intresse, säger Björn.

De andra nickade instämmande. Han lämnade över ett telefax från centralredaktionen till Rutger och tycktes utgå från att han skulle göra reportaget. Rutger tog lamt emot faxet och lämnade lunchrummet.

– Herregud, vad tog det åt honom, säger Mona.

Olofsson hade varit uppe hos fröknarna Svensson och lämnat några färgprover.

– Jag trodde sådant bara fanns i vitt, säger Tilda och pekar på några badkar i pastellfärger.

– Det gröna är väl vackert, säger Elida, och så dessa medaljongtapeterna, fortsätter hon och krafsar åt sig tapetproverna.

– Nej, inte grönt, säger Tilda, det ser så kallt ut på något sätt.

Det var många gånger den kvällen de gick igenom provkatalogerna. Först till kvällskaffet var de klara. Till slut hade de enats om ljusblått porslin och en tapet med ljus- och mörkblåa blommor.

– Det blir vackert, säger Tilda. Elida nickar instämmande.

– Mors handvävda handdukar med den blå randen passar nog bra till tapeten.

De hade haft gott om handdukar och slitit ut efter hand, därför fanns det många obrukade kvar inne i linneskåpet. Tilda gick in och hämtade bunten med den blå randen. Där fanns ett vackert snöre om, som Tilda försiktigt knöt upp.

– Sex stycken är här.

Det spred sig en doft av lavendel i köket. Elna brukade alltid lägga in en liten lavendelpåse i linnetravarna. Elida tar upp påsen till näsan.

– Vi borde nog ha bytt ut den i år, säger hon.

– Men det blev inte så mycket.

– Nog hade det blivit till några lavendelpåsar alltid, men nu är det för sent.

– Åja, det kommer väl fler somrar, säger Elida, och vi har ju tallbarrstvålarna liggande där inne, de doftar ännu.

– Kanske får vi råd att köpa en sån där mjuk matta också som Alvar har och det där mjuka på sitsen.

– Vi får väl se hur långt pengarna räcker, säger Elida och stelnar till.

– Vad är det? säger systern som efter alla år genast ser när något är på tok.

– Vi har inte varit inne i Alvars hus sen han for. Tänk om mössen har förstört något.

Tilda gick genast bort till skafferiet och tog ut en bit ost som hon skar i små tärningar. Elida drog ut en av kökslådorna. I en liten plåtask låg nyckeln till Alvars hus. De tog på sig sina yllekoftor, klev i sina höga stövlar och plumsade ut i snön.

Den flackande, smala ljusstrimman från den gamla plåtficklampan banade väg och snart slogs dörren upp till Alvar Klemens lilla sommarhus.

Det kändes kyligt därinne men grundvärmen stod på för att hålla fukten borta. Tilda öppnade dörren till en av garderoberna där en av fällorna stod.

– Usch, så försmädligt, säger Tilda, den har kanske suttit där ända sen i julas.

– Tur att värmen inte är fullt påslagen, säger Elida.

Tilda tog en liten bit hushållspapper och lade den döda musen på. Hon gillrade vant fällan på nytt och så tittade de på de andra två fällorna som till deras glädje var tomma. Som alltid gick de en liten sväng i huset för att se så allt var i sin ordning. På vägen ut kastade de den döda musen i Alvars soptunna.

– Tänk att han måste betala sophämtningen för hela året fast han bara är här så kort tid.

– Ja, det är rena vanvettet. Men nu är den i alla fall inte tom på tisdag, säger Elida och skrattar.

De passade på att stanna till vid dasset på vägen hem.

– Hur är det med dina hemorrojder Tilda? säger Elida vänligt.

– Jo vars, det har allt blivit något bättre men riktigt bra det blir det nog aldrig.

– Men det är ju skönt att det blivit bättre i alla fall, tröstar Elida.

Det var trots allt mysiga stunder när de väntade ut varandra vid dasset. Det var många förtroliga samtal som förts där genom åren. Samtal om både glädje och sorg. Det hade på något sätt blivit något av ett biktbås också. När man satt där inne i mörkret vågade man ibland anförtro saker som man kanske inte annars vågat.

Tilda mindes när hon en sommarkväll berättade för Elida om den gången då hon så när mist sin oskuld på trädgårdsbordet i bersån med Erik, Lantz son. Elida hade stått tyst utanför en lång stund efter det att Tilda berättat färdigt. Tilda började bli orolig för vad Elida tyckte. Efter en stund säger Elida med varm röst:

– Ja, det är sådant man inte rår för, det var ju tur i alla fall att inget hände.

Tilda visste egentligen inte om hon skulle tycka det var tur eller otur, men hon var glad över att Elida föreföll så förstående.

Ja, samtalen där ute skulle de säkert sakna men man får ju göra avkall på något om man vill inrätta det bekvämt för sig.

Det var skönt att komma in i värmen igen.

– Jag tror jag är för uppspelt för att kunna sova i kväll, säger Tilda.

– Ja, man har så mycket i huvudet med alla tapetprover och sådant, instämmer Elida.

– Vi ska kanske ta och spela en omgång trettioett.

– Varför inte, säger Elida och har redan vikt upp hörnet på den rutiga köksduken.

När de var små brukade de spela med ettöringar men numera spelade de alltid med tändstickor. Det var för spänningens skull som de spelade och inget annat.

– Trettioett, säger Tilda med ett segervisst leende och slänger sina kort på bordet.

Elida måste lägga ut sin sista tändsticka.

– Åja, jag har frirundan kvar, säger Elida lite harmset. Ta inte ut segern i förskott bara.

– Blandade du ordentligt? fortsätter hon.

– Nu låter du som Rutger, skrattar Tilda.

Han kunde inte heller förlora. Skulle alltid skylla på något. När de spelade Fia, var där alltid ojämnheter som tärningen stötte på, eller så sa han att någon knuffat till bordet.

– I spel har han inte tur, brukade deras far säga, så i kärlek kommer han säkert att bli rikt belönad.

Tilda vann båda omgångarna och när Elida ville ha revansch sa hon:

– Nej du, två gånger klarar du att förlora men inte en tredje, så det är allt bäst att vi slutar.

KAPITEL 20

När Rutger kom hem från arbetet hade postförskottet kommit. Det gav honom en pirrande känsla i magen. Det hade kommit ett vykort från Marianne också och det kändes lite förargligt att de båda försändelserna skulle komma samtidigt. Han kände sig skamsen på något sätt över att det vackra vykortet skulle ligga tillsammans med hans beställning av potensökande medel. Men det var minsann lika mycket för Mariannes skull som han hade beställt det. Han sträckte på ryggen, hon kan minsann ingenting säga.

Marianne hade det tydligen bra därnere, solen sken och hon hade träffat trevliga människor. Du har väl inte glömt blommorna skrev hon underst på kortet.

– Visst tusan, säger Rutger högt för själv. Han tittade sig snabbt omkring och fann till sin glädje att de flesta blommorna såg ut att leva. Nog var där en och annan som såg lite hängig ut men det var nog ingen fara. Han skyndade sig ut och tog vattenkannan. Det slog honom plötsligt att det var första gången under de snart 40 år som de varit gifta som han vattnade blommorna. Han kände sig osäker när han vattnade dem. När han kom bort till fönstret i vardagsrummet hörde han ett droppande ljud inne från matrummet. Han skyndade sig snabbt dit. JÄVLAR! Skrek han. Krukan i korgampeln vid fönstret hade tydligen fått för mycket vatten och det droppade ymnigt ner på de gamla engelska porslinshundarna som stod i fönstret. Han flyttade snabbt undan hundarna och rusade ut i köket efter en trasa. Den lilla virkade duken som mor Elna förfärdigat och som låg under hundarna var dyblöt. Han hängde upp den på elementet samtidigt som han torkade upp i fönstret. Tur Marianne snart kommer hem, tänkte han. Han hade aldrig tidigare tänkt på att hon hade så många blommor. Det tog ju evigheter att gå över alla.

Telefaxet från centralredaktionen hade satt Rutgers tankeverksamhet i omlopp. Han funderade fram och åter hur han skulle lägga upp det hela. Han gick in i sovrummet där Marianne hade sina tidningar liggande i en korg. Han tog ett par stycken och gick in i vardagsrummet och satte sig. Han sneglade flera gånger bort mot barskåpet och sedan lade han ner tidningarna på bordet och gick bort och slog upp ett stort glas Martini. Det kunde han vara förtjänt av tyckte han, efter att ha vattnat alla blommor. Förresten hade han inte druckit en droppe starkt sedan Marianne for. Han läppjade och njöt, som i gamla tider. Han bläddrade igenom tidningarna. Vilken smörja, tänkte han när han ögnade igenom reportagen om heminredning, mode och för att inte tala om kändisreportagen. Tur man slipper vara skribent på en sådan blaska. Så hade han kommit fram till uppslaget med postorderannonserna. Nog fanns det märkliga saker som salufördes. Han hade hoppats att finna någon firma som hade sitt telefonnummer utsatt för att lätt och smidigt få kontakt till sitt reportage. Tydligen hade samtliga valt postbox eller bara adress. Han hade i alla fall bestämt sig för att inte kontakta det företag som han gjort sin egen beställning hos. Han kastade tidningen åt sidan. Inte skulle han sitta här och arbeta på övertid, det hade han inget för. Han bestämde sig för att vänta tills morgondagen. Då skulle han också gå till postkontoret och hämta ut sitt paket.

En liten semesterhälsning i vintervädret sa brevbäraren och överlämnade två färggranna vykort till de båda systrarna. Det stod en rad tomma spritbuteljer på vaskbordet och Tilda ställde sig med ryggen emot för att dölja. Hennes klena kropp var emellertid alltför tanig för att kunna gömma alla flaskor.

– Två! säger Elida förvånat.

– Ja, det var väl ingen dålig utdelning, en vanlig tisdag.

Tilda var mycket spänd på vem korten var ifrån men hon lämnade inte sin plats borta vid vasken. Först när brevbäraren slagit igen ytterdörren vågade hon sig fram till köksbordet.

– Vem är det ifrån?

– Från Marianne och så ett från Alvar som tackar för senast.

De studerade länge korten.

– Det var väl snällt av Marianne att tänka på oss. 28 grader varmt, säger Elida, kan det vara möjligt.

Tilda hörde inte på.

– Vad skriver Alvar, säger hon.

– Han tackar för i julas. Allt är bra och han ser fram emot sommaren då han skall komma hit igen.

Det var inte utan stolthet de tänkte på sommaren och när de skulle visa det nya dasset för Alvar.

– När kommer han? fortsätter Tilda som inte själv fått hålla i kortet ännu.

– Det skriver han inget om men det blir väl som i fjol, i juli någon gång.

Medan de drack sitt förmiddagskaffe satt de mest tysta. Vred och vände på korten och läste om och om igen.

– Tänk, säger Elida ännu en gång, 28 grader varmt.

– Hoppas att allt blir bra när hon kommer hem igen.

– Varför skulle det inte bli det? säger Tilda.

– Tänk om medlet inte verkar. Han kan väl aldrig spåra varifrån det kommer, säger Elida oroligt.

– Nej, det får dom inte lämna ut.

De hade blivit så upptagna av vykorten att de inte tittat igenom den övriga posten men det mesta såg ut som reklam och det intresserade dem inte så mycket. När Tilda bar undan kopparna tittade Elida snabbt igenom försändelserna. De vanliga reklambladen med extrapriser men underst låg det två stora, bruna kuvert från Lokala skattemyndigheten.

– Visst ja, det är snart dags att deklarera.

Även om de inte hade så mycket att ta upp i deklarationen brukade de ändå gå till banken och få hjälp. De hade rabatt för pensionärer så det blev inte så kostsamt.

– Jag kan ringa till banken redan i morgon, säger Elida som alltid brukade ordna sådana praktiska saker.

Tilda sjöng en liten stump medan hon slog upp diskvattnet i det gula, emaljerade fatet, samma fat de brukade nyttja till söndagstvättningen. De diskade alltid upp efterhand, tyckte inte om att ha disk stående. Det gick ju så lätt också eftersom det alltid fanns en gryta med varmt vatten på spisen. Torkade gjorde de aldrig. De hade det gamla diskstället i trä och där fick det stå och självtorka i värmen. Elida satt och bläddrade igenom reklamen. Inte för att hon var intresserad utan mest för att tiden skulle gå.

– Man kan vinna kaffe på det här korsordet, säger hon och pekar i tidningen.

– Det är så många som skickar in så det är inte lönt, suckar Tilda. Och så är dom inte som korsorden var förr. Nu finns det en massa konstiga ord, till och med på utländska.

Förr hade de löst korsord tillsammans. Mor Elna också för den delen. Elida drog ut en av kökslådorna och tog fram en blyertspenna. Hon satt länge tyst medan Tilda donade borta vid vasken.

– Färggrann fågel, tre bokstäver med R i mitten.

– Ara, säger Tilda stolt och Elida muttrar när hon fyller i bokstäverna. Det brukade vara Tilda som var snabbast när det gällde att fylla i korsord. När Tilda var färdig satte hon sig bredvid systern.

– Du har ju kunnat mycket, säger hon uppmuntrande.

– Äsch, det är svårt.

– Där har du skrivit fel, rättar Tilda. Det heter vildsvin och inte viltsvin.

– Det vet jag väl, säger systern irriterat och söker i kökslådan efter ett radergummi.

Efter en timme är korsordet färdigt så när som på fem ord.

– Nej, det klarar vi inte, säger Tilda. Vi får ge upp.

– Men då blir det inget vinstkaffe, säger Elida och skrattar.

Hon hade blivit bättre till mods sedan hon kunnat fylla i många av de rutor som Tilda inte klarat.

KAPITEL 21

Det var fullt med människor på posten när Rutger kom dit på kvällen efter arbetets slut. Han tog kölapp och satte sig och väntade. 36 före, konstaterade han. Det var märkligt det där med kösystem. Fast det var så många före i kön så reagerade man för varje nummer som plingade fram. Rutger hade känt sig olustig hela eftermiddagen för det där med försändelsen. Tänk om något utanpå kartongen avslöjade innehållet. Det hettade till i kinderna. Tolv före, tänkte Rutger tyst för sig själv och kände hur kölappen klibbade fast mellan fingrarna. Kassa ett till vänster och kassa sju till höger. Det visste Rutger redan men han brukade alltid förvissa sig för säkerhets skull. Det var inte bara för att han var nervös för paketet som hans blick började flacka mellan nummertavlan i taket och de olika kassorna. Det var samma fenomen varje gång. Rutger reste sig. Nu var det bara två före i kön och han ställde sig beredd. Snart stod han framme vid kassan med bultande hjärta. När han betalat reste sig postfröken från stolen och gick bort till hyllan med försändelser.

– Oj då! säger hon högt när hon kom åter till kassan.

Rutgers hjärta slog ett extra slag.

– Paketet har visst skadats vid transporten, säger den vänliga damen. Det är bäst vi öppnar och ser så innehållet inte skadats.

När hon ser Rutgers förfärade blick tillägger hon:
– Ja, det är försäkrat i så fall, så det är ingen fara.
– Det är inget ömtåligt, säger Rutger och nästan sliter åt sig paketet.

Kassörskan lyfte resignerat på axlarna och innan hon hann säga något mer var Rutger på väg ut. När han kommit ett kvarter bort tittade han närmare på paketet. Det hade tjockt, brunt omslagspapper och var omlindat med ett grovt säckband. Det var märkligt, tänkte Rutger. Det sågs så oproffsigt ut på något sätt. Trots det omsorgsfulla emballaget, hade ett hörn mycket riktigt slitits upp. Han tittade försiktigt in i hålet utan att kunna se något. Tänk om det faller ut i bussen, tänkte han. För säkerhets skull bestämde han sig för att gå in i snabbköpet och köpa en god kaka till kvällskaffet. Då kunde han stoppa paketet i kassen också. Ja, förutseende det hade han alltid varit. Det hade till och med Marianne fått tillstå vid ett par tillfällen. Det var ledigt i affären och Rutger tog snabbt ett paket kakor. Fem avlånga med grön marsipan omkring, ändarna var doppade i choklad.

– Tjänare Rutger, säger en bullrig röst samtidigt som någon slår honom hårt i ryggen. Så hårt att han nästan tappar paketet i golvet.

– Tjänare Oskar, svarar han.

– Se inte så förskräckt ut, säger Oskar lugnande. Jag skall inte berätta för Marianne att du köper kladdiga kakor när hon är borta.

Rutger log stelt. Oskar var granne med dem sedan många år tillbaka. Lite väl hurtfrisk för Rutgers smak men Marianne tyckte att han var charmerande och trevlig.

Äntligen satt Rutger på bussen på väg hem. Han hade påsen i ett stadigt grepp i knäet och hade lagt sina händer över. Mitt emot honom satt en medelålders dam med uttryckslöst ansikte. Hon var strikt klädd, i hatt och klassisk yllekappa. I knäet höll hon en handväska av ormskinn. Rutger nickade ursäktande mot henne när han råkade stöta till hennes ben. Hon snörpte ilsket på munnen och höll väskan ännu hårdare. Satkärring, tänkte Rutger för sig själv. Sådana skulle det vara skottpengar på. Nej, då var Marianne bättre även om hon ibland kunde ha sina sidor. Vänlig och tillmötesgående var hon nästan jämt. Han saknade faktiskt Marianne, det gjorde han och det var en helt ny känsla för honom. Han var så van att jämt ha henne hemma så det var tomt efter henne. Allt blir säkert bra när hon kommer hem, tänkte han och klappade påsen i knäet.

När han tittade ut genom bussfönstret såg han att han suttit för länge i sina egna tankar och åkt en hållplats för långt. I vanliga fall skulle han ha blivit arg, men just i kväll var det som om han inte brydde sig. Han gick hemåt med lätta steg. På fredag kommer Marianne, tänkte han och kände sig varm inombords.

Paketet var märkligt, det konstaterade Rutger än en gång när han kommit hem. Adresslappen hade han inte observerat tidigare. Namnet var skrivet med stora, sirliga bokstäver. Riktigt gammaldags skolstil skrattade Rutger, nästan som Elidas. Ja, hon skrev också med stora, sirliga bokstäver precis som hon lärt i skolan. Visserligen var det ju varken adresslappen eller själva emballaget som var det viktigaste, utan innehållet. Rutger packade försiktigt upp kartongen. Burken låg i en tom chokladkartong. Själva burken såg oansenlig ut. Liknade nästan en vanlig medicinburk.

Han öppnade försiktigt på locket. Det såg ut som vanlig kaffesump. Han höll burken under näsan. Det luktade inte kaffe, det luktade starkt, nästan som något kryddat.

Jag undrar hur mycket jag skall ta och hur lång tid det tar

innan det verkar, mumlade Rutger för sig själv. Han vände på burken men det fanns varken innehållsdeklaration eller några instruktioner. Han vände på chokladasken och då föll det ut ett litet pappersark där det kort och gott stod: En tesked per dag.

Han blev allt mer förbryllad över försändelsen och kände sig redan lurad. Tvåhundrafemtiokronor, tänkte han, och om det inte fungerar?

Nyfikenheten hade också börjat gnaga i honom. Kanske han rent av skulle välja just denna postorderfirma som underlag för sitt reportage. Han tog fram omslagspappret igen. Ingen telefon utan bara hänvisning till en postbox. Nåja, artikeln skulle inte vara färdig förrän om en månad så han kunde ju vänta lite till och avvakta resultatet, så att säga.

Redan nästa dag fick de båda systrarna tid på banken för sina deklarationer. Det brukade vara snabbt avklarat. De enda kontrolluppgifter de hade var på deras pension, något annat fanns inte att ta upp. Allt som hade med myndigheter och papper att göra gjorde dem lite högtidliga. Kanske var det också det att de skulle skriva under på heder och samvete. Nåväl, nu satt de där, raka i sina ryggar och med sina söndagsklänningar på.

– Ett år går fort, säger kamrer Berg som brukar hjälpa dem.

– Ja, man kan knappast tänka sig att det är ett helt år sedan vi var här sist, tillägger Elida.

– Och inga miljoner har rullat in? säger Berg skämtsamt.

– Inte i fjol. De första pengarna kom först i januari, säger Tilda och får samtidigt en kraftig spark på benet av systern.

– Äsch, ljuger Elida, det blev inga miljoner precis men det blev några hundra på 87:orna. Kamrer Berg ser frågande ut, sedan vecklar han upp blanketterna. Han kryssar i, tittar i systrarnas kontrolluppgifter och tjugo minuter senare är allt över och de står ute på gatan i den gnistrande, kalla vinterkylan.

– Det är kanske lika bra att vi handlar hem burkar när vi ändå är i stan, säger Tilda.

Så styrde de än en gång sina steg mot Konsum. Denna gång undvek de att titta på alla frestelser, gick med raska steg direkt mot husgerådsavdelningen. De sökte länge bland hyllorna.

– Här, säger Tilda och håller upp en söt liten glasburk. Den är väl fin?

– Lagom i storlek också, säger Elida. När de vände på burken kippade de efter andan.

– 22:40, säger Elida, är du tokig.

– Jag såg inte prislappen, förklarar Tilda och sätter skamset tillbaka burken.

– Men här då, säger Elida. I en stor, rund trådkorg ligger mängder av små burkar huller om buller. Det hängde ett stort plakat över korgen. En burk fem kronor, fem stycken för tjugo. De bestämde sig snabbt för dessa burkar, de fyllde precis samma funktion som de dyrare.

– Där gjorde vi en bra affär, säger Elida när de stod på gatan igen. De hade också köpt några ark med etiketter och var nu rustade för kommande leveranser.

De kände sig lättade när de satt på bussen på väg hem. Det var skönt att ha deklarationerna färdiga i god tid och ingredienser och annat hade de till sin firma så de klarade sig ett bra tag.

Det droppade in pengar nästan varje dag och Elida förde noggrant in i kassaboken både utgifter och inkomster. Utgifterna var förhållandevis små, spriten var det dyraste men de hade bestämt att låta det rinna igenom tre gånger så att de skulle spara pengar. Till en början hade de sparat kaffet och det starka som filtrerats igenom. De tog också en liten hutt nästan varje kväll men snart bestämde de sig för att kasta det. Kunderna hade ju betalt för varan så att säga, så på så sätt hade det ju inte varit något slöseri. Slå det på flaskor och förvara det i brygghuset vågade de inte heller. Skulle de av någon anledning bli ertappade hade deras rykte för alltid varit nedsvärtat. Det fick allt gå i vasken. Men någon enstaka gång, när de kände sig frusna eller på misshumör, tog de en kopp kaffe med det starka.

KAPITEL 22

På fredagen hade Rutger tagit ledigt från arbetet. Marianne skulle komma på eftermiddagen och han ville göra lite fint tills hon kom hem. Han var ändå uppe tidigt. Åt frukost och läste tidningen i lugn och ro. Han sjöng i duschen. Ställde sig i profil och tittade sig i spegeln. Nej, kakorna och det andra goda som han stoppat i sig medan Marianne var borta hade nog inte förändrat honom något nämnvärt. Till och med lite rakvatten tog han på sig denna morgon. Det använde han annars bara när de skulle gå bort. Han började så smått fundera på hur dags han skulle ta en sked av det potensökande medlet. Det var kanske bäst att göra det redan nu, tänkte han, om det tar tid att verka. Han bestämde sig för att vänta ytterligare en timme. Han tittade i kakelugnen för att förvissa sig om att allt papper från herrtidningen verkligen var förintat. En av blommorna i köksfönstret hade inte repat sig och Rutger hade bestämt sig för att inhandla en ny och samtidigt köpa några rosor att sätta på bordet. Han var inte hemma på det där med blommor utan han pekade bara i blomsteraffären på en som liknade den som torkat ut. Fem långskaftade röda rosor köpte han också och han var ganska nöjd med sig själv när han promenerade hem.

När han satt blommorna på plats bestämde han sig för att

pröva medikamentet han skickat efter. Han kände sig lite orolig, det kunde väl aldrig vara farligt? Har jag nu köpt det för dyra pengar måste jag pröva det, tänkte han och tog fram en tesked. Han rös till när han stoppade det i munnen. Visst var där kaffesmak ändå men det var kanske bara en tillsats för att ta bort själva medicinsmaken. Han sköljde ner med ett glas vatten och stod sedan stilla en stund som om han väntade på effekten. Nu återstod problemet med var han skulle gömma burken. Marianne var noggrann och städade och vände på allting, så han måste hitta på något riktigt finurligt gömställe. Han gick planlöst omkring utan att finna något lämpligt, men så plötsligt sken han upp. Verktygslådan. I den gick aldrig Marianne. Var det något hon inte var bra på så var det praktiska göromål och verktyg befattade hon sig överhuvud taget aldrig med.

Rutger bestämde sig för att ta bilen till flygplatsen. Strax innan han skulle köra fick han en ilande känsla i magen. Han visste inte om det var av förväntan inför Mariannes hemkomst, eller om det var medlet som börjat verka. Han tog en nöjd titt i spegeln innan han försvann ut i garaget.

Trots bilköerna kom Rutger i god tid till flygplatsen. Han konstaterade snart på bildskärmen att planet förväntades in i rätt tid. Han tittade på klockan. Det var en dryg halvtimme kvar till Mariannes plan skulle landa. Han vandrade oroligt omkring, tittade på klockan igen och bestämde sig för att ta en kopp kaffe medan han väntade. Först hade han tänkt att bara ta en slät kopp men när han såg de delikata bakverken bestämde han sig för att synda ännu en gång innan Marianne kom. Först tog han ett wienerbröd men just som han skulle betala såg han mandelbiskvierna och han lade snabbt även en sådan på assietten.

– 24:50, säger flickan vid kassan.

När Rutger mötte hennes blick, studsade han till. Var hade

han sett den där flickan förut? Äsch, han träffade så många människor i sitt jobb, men det var som om bilden av flickan etsat sig kvar inom honom.

Han njöt av det frasiga wienerbrödet, men blicken sökte sig gång på gång bort mot flickan i kassan. Just som han skulle bita i biskvin var det som om bilden uppenbarade sig för honom. Kanske var det inbillning men nog liknade hon utvikningsflickan i FIB-aktuellt. Rutger försökte att slå bort tankarna på de särade benen, på det förföriska leendet och de runda fasta brösten. Han sneglade bort mot flickan igen. Visst var hon lik, men ändå. Det pirrade inne i Rutger, hans kinder hettade och han blev torr i munnen. Nog var hon vacker alltid och hennes kläder avslöjade en perfekt figur. Han såg att hon var utan behå och att bröstvårtorna svällde under den tunna blusen. Han kunde se hennes sköte framför sig, öppet och villigt. Rutgers andhämtning ökade. Plötsligt såg han Marianne framför sig. Hennes mogna, men ungdomliga kropp. Aldrig hade Marianne exponerat sig så som flickan i tidningen, men många gånger hade han fantiserat om henne i liknande ställningar, men det hade förblivit ett önsketänkande. Marianne var en god hustru, en god sängkamrat men hon vågade aldrig ge efter totalt, ville ha kontroll över sig själv och sin kropp. Men Rutger kände att hon ibland var nära att ge sig hän, att glömma sin moraliska uppfostran och bara släppa efter. Han sneglade mot flickan i kassan. Nej, det var nog inte hon ändå men det spelade ingen roll. Marianne kom snart hem och han kände en åtrå som förvånade honom. Var det, det potensgivande medlet, flickan i kassan eller saknaden efter Marianne?

Han stoppade in den sista biten mandelbiskvi i munnen, torkade sina händer på servetten och reste sig. Han kände att hans tankar väckt liv, men han hoppades att inget syntes. Han drog rocken tätare omkring sig och gick ut mot vänthallen.

Marianne spände fast säkerhetsbältet. Det var dags för landning. Rivieran hade gjort henne gott men hon längtade hem. Plötsligt blev hon allvarlig. Hon hade bestämt sig för att glömma allt när hon steg på planet, men hon kände ångest och oro. Skulle han märka något? Skulle hon avslöja sig? Otrohet hade för Marianne tidigare varit något som man bara läste om men ändå hade hon för första gången givit sig åt en annan man. Hon kände sig usel och billig. Rutger och hon hade haft ett fint liv tillsammans frånsett sista tiden då han varit i obalans. Det hade aldrig funnits anledning för Marianne att söka en partner utanför äktenskapet och ändå hade det hänt, nu när hon var i övre medelåldern. Hon försökte släppa tankarna på vad som hänt men ändå pockade de ständigt på. Det var en engångsföreteelse, det kommer aldrig att hända igen, intalade hon sig och tog en klunk cognac men tankarna fanns där, på de sammetssvarta ögonen, på orden som Rutger aldrig uttalat, till musiken och den fullbordade otroheten.

Amador hade lockat fram sidor hos henne som hon inte visste att hon hade. Det skrämde henne och hon önskade att allt var ogjort. Hon hade tänkt mycket på Rutger därnere. Tänkt på hans goda sidor och haft svårt att se de andra. På något sätt hade Marianne funderat över om det kanske var hennes fel att det blivit som det blivit. Hon hade bestämt sig för att försöka vara en god hustru. Hon kände förväntning och spänning.

Passagerarna började anlända och Rutger tittade sig oroligt omkring som av rädsla att Marianne inte skulle vara med.

Skulle han möta henne? Oron steg inom Marianne. Kanske hade han glömt att det var idag hon skulle komma. Hon sträckte på nacken. Hon tittade sig oroligt omkring, men så såg hon honom, leende, välkomnande och hon kastade sig i hans famn.

– Välkommen hem Snufsan. Jag har längtat efter dig.

Han förvånades själv över orden för han brukade ha svårt att uttala liknande.

Snufsan, tänkte Marianne, det var 25 år sedan han kallat mig så och ordet väckte en ömhet inom henne som var svår att beskriva.

– Jag har längtat efter dig också, säger hon och även om hon menade vad hon sa, så fanns skuldkänslan där, pockande och besvärande.

Rutger hjälpte Marianne med bagaget ut till bilen.

– Har du haft det skönt? säger Rutger när de sätter sig i bilen. Du ser vacker ut.

– Jo tack, säger Marianne, det har varit bra men det är skönt att vara hemma igen.

Rutger rattade vant bilen i den livliga trafiken och Marianne sneglade mot honom. Han ser inte så tokig ut ändå och han hade en värme i ögonen som hon inte sett på länge.

– Det känns som evigheter sedan, säger Marianne när hon kom hem.

– Men Rutger då! säger hon och tittar på de vackra rosorna på köksbordet. Och Aralian. Vad har du gjort med den? Den är frodigare än när jag åkte.

Rutger kände att han rodnade.

– Nja, jag har pratat lite med den.

Marianne skrattade.

– Är du hungrig? Jag har köpt lite lax och vin ifall du…

– Gärna, avbryter Marianne och ger Rutger en kyss på kinden.

Det måste vara medlet, tänkte Rutger när han genast kände blodet strömma till.

– Jag duschar av mig resdammet, säger Marianne och försvann in i duschen. Hon kände en spänning och förväntan som hon inte känt på många år.

Rutger dukade fram, smågnolade och tände stearinljus på bordet.

Först tre timmar senare stod de i sovrummet och höll om varandra. De hade haft mycket att prata om denna kväll och båda hade njutit av varandras närhet. Marianne slängde morgonrocken på stolen och skulle just ta på sig nattlinnet när Rutger hindrade henne.

– Du är vacker i kväll, säger han och började smeka hennes bara kropp. Först blev hon generad. Inte sedan de var unga hade hon stått som nu, naken på golvet medan ljuset var tänt. Rutger kysste hennes bröst, hennes mage och hon gjorde inget motstånd. Rutger kände sig vild av åtrå men ville inte skrämma henne.

– Smek mig, kvider Rutger och då först var det som om Marianne blev lite skrämd över sin nakenhet, över ljuset och över det faktum att Rutger för första gången på många år hade så att säga synbara känslor.

Marianne glömde emellertid snart sin rädsla, hon tog villigt emot Rutger och obehindrad av att ljuset var tänt fulländades återkomsten.

– Det fungerade, säger Rutger när han utmattad rullade över i sin säng.

– Vadå? säger Marianne.

– Äsch det var inget.

Han smålog för sig själv. Han ville tro att det var hans kärlek till Marianne som hade gjort kärleksakten så fullkomlig men ändå kunde han inte släppa tanken på det potensökande medlet.

– God natt Marianne, säger han trött.

– God natt, säger Elida stönande mot Tilda, men inte berodde det på någon fullbordad kärleksakt, utan snarare på den psykiska pressen med firman, leveranserna, bokföringen och inte minst förväntningarna på den stora omändringen i huset.

Tilda svarade inte, hon kände en oro över hela situationen. Tankarna for som guttaperkabollar genom hennes hjärna. Det hade med en gång blivit så mycket av allting. Förr hade de bara sig själva, men nu fanns plötsligt så många andra. Alvar, Rutger och Marianne och så givetvis alla de som beställt det potensgivande medlet. Tilda kände sig skamsen och för första gången på flera veckor knäppte hon sina värkbrutna händer och bad till Gud. Hon bad att Alvar skulle komma tillbaka, att medlet skulle verka på Rutger och att pappa smedmästare Svensson skulle ha överseende med vad som hände. Tilda tackade också för att de hade hälsan i behåll, för att deklarationerna var klara och för att julen varit så fin.

Kylan i rummet var påtaglig och hon drog sticktäcket längre upp över axlarna och kände sig plötsligt väl till mods.

Hon kämpade med sömnen denna kväll, inte det att hon inte kunde sova, tvärtom. Hon försökte kämpa emot sömnen för att hinna fundera vidare på vad som skulle komma. Hon kom inte längre än till den mjuka mattan de skulle köpa till sitt nya dass, då slöts även Tildas ögon och friden var total.

KAPITEL 23

Rutger kände sig utsövd och avspänd när han vaknade. Han tittade ömt på Marianne som fortfarande sov. Han kände att han skulle kunna vara i stånd att på nytt kasta sig över henne men han behärskade sig.

Han skänkte en vänlig tanke till medlet som stod i hans verktygslåda och som haft en sådan välgörande inverkan på honom. För nog måste det ha varit medlet trots allt. Nåväl, det spelade ingen roll. Han kände sig som en ung pojke och det var huvudsaken. Även om Rutger hade god tid på sig för att göra reportaget om postorderföretaget så hade han bestämt sig för att börja idag. Han var positiv, glad och full av arbetsiver.

– God morgon, kvittrar Mona när Rutger som vanligt, prick klockan nio slänger portföljen på skrivbordet.

– God morgon, svarar Rutger vänligt och ger henne en uppskattande blick.

Mona tittade förföriskt mot honom, stack ut tungspetsen i ena mungipan och rättade till urringningen. Rutger var nästan rädd att de mogna frukterna skulle ramla över kanten och han hade svårt att släppa dem med blicken.

– När kommer frugan hem igen? säger Mona som om hon trodde att han var utsvulten på kärlek.

– Hon är hemma, kom igår, svarar han snabbt och börjar

planlöst sortera bland pappren på skrivbordet.

– Såå, säger Mona och tittar retfullt mot Rutger, sååå.

Inget kunde förstöra hans goda humör. Han var stolt och glad över sina prestationer i DUX-sängen kvällen innan.

Efter morgonkaffet stängde Rutger dörren till sitt arbetsrum, något han sällan gjorde men han skulle ringa några samtal och börja planera för reportaget och han ville inte bli störd.

Han plockade upp adresslappen från sin portfölj. Han tittade än en gång på den sirligt skrivna adresslappen och så på avsändaren förstås, Box 108 Simrishamn.

Tänka sig, livet är ändå ganska märkligt, tänkte Rutger och sjönk ner i den stora skinnfåtöljen. Simrishamn låg inte långt från hans föräldrahem, hans födelseby. Han skrattade, det var som om han hade två födelseorter. Borrby där han så att säga var född till världen rent köttsligt och så Simrishamn, där han nu fått delar av sitt liv tillbaka, blivit pånyttfödd på något sätt.

Han kände sig upprymd, det gjorde han. Hans leende slocknade. Det kan väl inte bara ha varit tillfälligheter, tänkte han. Nej, det var livgivande det var bara så. Rutger hade inte fungerat så bra på många år, det kunde inte bara vara en slump.

Han sökte i telefonkatalogen efter postkontoret i Simrishamn. Enklast att bara ringa och fråga vem som har postboxen hade Rutger bestämt redan under frukosten. Han slog riktnumret men kastade sedan snabbt på telefonen igen. Det kändes genant på något sätt. På postkontoret visste man säkert vad slags affärer som förmedlades via Box 108 och man kunde inte vara säker på att någon inte kände igen honom. Posten i Borrby hade lagts ner och kanske någon av personalen där flyttats över till Simrishamnskontoret. Visserligen kunde han strunta i att presentera sig eller uppge ett annat namn. Men Rutger var ärlig, det hade han alltid varit, ljuga det kunde han inte. Det var något som han fått med sig från hemmet och mor Elna.

Säg sanningen, alltid sanningen även om den är obehaglig, brukade hon säga. Han minns fortfarande med obehag den enda gång som hans mor haft anledning att vara riktigt arg på honom. Han hade behövt en träribba till ett flygplan som han höll på att bygga. Veden som låg i brygghuset var ojämn och flisig så han hade tagit en av ribborna på trädgårdsstolen. Rutger hade blivit inkallad till föräldrarna eftersom man misstänkte att ribban inte bara försvunnit av sig själv. Han förnekade all kännedom och först flera dagar senare, när smedmästaren fick se Rutgers flygplan, blev han avslöjad.

Rutger stod ute vid häcken och pratade med folkskollärare Lunds son Bertil, när smedmästare Svenssons stämma fick småfåglarna att fly in i grannens träd.

– RUTGER, KOM GENAST IN!

Rutger förstod att något fruktansvärt hade hänt men träribban hade han glömt och benen kändes som geléråttor på honom när han traskade in i köket.

Mor Elna satt på kökssoffan och grät. Hon virade en näsduk förtvivlat mellan fingrarna och tittade inte upp när Rutger kom in.

– Här har vi tjuven, bullrade smedmästaren och puffade Rutger närmare soffan där mor Elna satt.

– Vadå tjuv? sa Rutger oförstående.

– Jasså, du förnekar också, fortsatte fadern och höjde näven.

– HUR KUNDE DU? sa Elna som för att avleda slaget. Har vi inte alltid sagt åt er att tala sanning? Då kom Rutger ihåg ribban och flygplanet.

– Jag skulle bara, sa Rutger.

– Skulle BARA, skrek fadern. Brygghuset är fullt av ved och skogen full av pinnar och så måste du ha sönder trädgårdsmöblemanget för att få en pinne.

– Varför ljög du? fortsatte Elna.

Ja, det hade allt varit rena cirkusen den kvällen. Rutger fick laga stolen och sedan fick han lägga sig utan mat. Det tog flera veckor innan smedmästaren glömt tilltaget och Rutger hade aldrig ljugit sen den där gången. Att ringa till postkontoret och säga att han var någon annan än han var, det kunde han bara inte. Att ringa utan att presentera sig var också mot hans principer.

Jag får väl skriva dit istället, tänkte Rutger, till postboxen och be firman kontakta redaktionen. Lite gratisreklam är det väl inget företag som tackar nej till, om de nu är seriösa vill säga.

KAPITEL 24

Vintern hade varit ganska mild. Snön som föll vid jul hade för länge sedan töat bort. Den lilla gången ner till dasset hos fröknarna Svensson var lerig och sörjig. De fick ha stövlarna på när de gick dit. Stod man stilla och väntade där ute var det som om man sjönk ner i lervällingen. Man fick flytta fötterna hela tiden för att de inte skulle fastna. Någon tjäle behövde de inte vänta skulle gå ur jorden och egentligen kunde Olofsson redan nu påbörja moderniseringen där inne, men februari månad var opålitlig och vädret kunde snart slå om, så det var nog bäst att vänta tills april i alla fall, som man tidigare bestämt.

– Det är sista vintern vi sitter här ute, säger Tilda inne från dasset.

– Jag räknar, avbryter Elida.

– Där är 54 det vet du.

– Vadå 54? säger Elida.

– Pinnar i staketet till Alvars.

När de var mindre brukade alltid den som stod utanför och väntade räkna pinnarna på staketet. Ja, för att göra något under väntan.

– Tok, skrattar Elida, jag räknade inte pinnar utan hur mycket pengar vi har.

– Hur mycket har vi nu, nästan viskar Tilda som inte hört

slutsumman efter senaste leveranserna.

– 87 000.

– Oj, stönar Tilda igen.

När de kom in i köket visade Elida kassaboken som om hon ville bevisa för systern vad hon sagt tidigare. Det var en kassabok med många kolumner men Elida använde bara två, ut och in. Det räckte, det var mest för att de själva skulle se balansen mellan inkomster och utgifter.

– Vi skall väl inte visa upp den vid nästa deklaration på banken, säger Tilda.

Elida blängde ilsket på systern som om hon sagt något mycket dumt. Tilda förstod genast att det var tokigt och hon skrattade generat mot systern.

– Jag skojade bara, säger hon.

Men det var inte skoj det visste de båda systrarna.

Ja, Tilda hade alltid haft lätt för att säga saker utan att tänka sig för. Många gånger hade hon hamnat i pinsamma situationer. Det hörde kanske samman med att hon alltid varit rädd för tystnaden. Så fort det blev tyst i något sammanhang, skyndade hon sig att flika in något, och som sagt ibland utan att tänka sig för.

– Tänka först och tala sen, hade hennes far alltid sagt men det hade aldrig hjälpt, hon var rädd för tystnaden det var bara så. En gång höll det på att gå riktigt illa. Det var vid kyrkliga syföreningens auktion. Auktionsutroparen var ny och han lät det gå lite väl långt innan klubbslaget. Tilda hade inte klarat av tystnaden, hon hade nästan fått tvångstankar och bara bjudit och bjudit. Trots att Elida knuffat till henne flera gånger kunde hon inte låta bli utan så fort det blev tyst, bjöd hon på nytt. Till slut blev det också Tilda som fick den färggranna bonaden som hon egentligen inte alls tyckte om. Elida hade grälat på henne då de gick hem och Tilda hade skämts. Hon hade aldrig satt upp bonaden på väggen utan lagt den i en av lådorna i finrummet. Hon ville inte att den skulle hänga som en erinran om hennes dumhet. Någon enstaka gång hade Elida fört bonaden på tal, det var när hon var på dåligt humör eller när Tilda klagade över hur dyrt allting blivit.

– Har man råd till bonader, har man råd till mat, hade Elida sagt sista gången, men när hon såg systerns förtvivlade blick hade hon tillagt:

– Den blir kanske värdefull någon gång, det var nog en bra satsning ändå Tilda.

Tilda kände att hon inte menade vad hon sa, men hon skulle ge igen i rätt ögonblick, det hade hon bestämt. Det blev emellertid aldrig tillfälle för Elida var så noga och försiktig i allt. Pengarna hade i alla fall gått till välgörande ändamål brukade Tilda trösta sig med.

– 87 000, säger Tilda igen som för att slå hål på tystnaden.

– Då räcker det nu? Hon tittar frågande mot Elida.

– Det blir alltid dyrare än beräknat.

Det hade hon hört sommargästerna säga i handelsboden. Börjar man rota i gamla hus vet man aldrig var det slutar, det hade de hört ofta.

Åttio till nittiotusen, hade han sagt, Olofssons son, så det var bäst att de försökte få in lite pengar till, så att de slapp att röra sitt eget kapital. Det kan bli kärva tider så lite pengar undanstoppade borde man alltid ha. De tog fram den gamla skolådan från garderoben. Det var i den de samlade alla order som kommit in. Elida tog upp en bunt papper och lade på köksbordet.

– Här är order för si så där ett tusen kronor om man tar bort kostnaderna.

– Och inga fler fanns i boxen idag, suckar hon.

– Då får vi väl sätta in en annons till då, säger Tilda. Kanske i en annan tidning.

– Vi skulle behöva sälja mycket bara för att få ihop till annonskostnaderna, säger Elida allvarligt. Vi skulle kanske sluta ändå, någon enstaka order till dimper väl alltid ner.

– Men taket, säger Tilda lite försiktigt.

Elida svarade inte. De hade diskuterat mycket, de två, under kvällarna när de förberedde leveranserna. De hade ofta fått en känsla av att de gjorde något orätt. De hade inte fått någon bekräftelse på att medlet verkligen verkade, nåja inte motsatsen heller.

– Men tänk om medlet verkade på Rutger, säger Tilda. Ja, de hade kanske rent av räddat broderns äktenskap.

– Borde vi inte ringa och tacka Marianne för kortet, säger Elida.

Tilda nickade instämmande och Elida gick ut och slog numret. Tilda stod tätt intill för att kunna följa samtalet.

Rutger var precis hemkommen från arbetet. Han hade postat brevet till Box 108 och hade just haft en duell med sitt samvete. Han hade gått bort till barskåpet, öppnat men stängt igen. Just när han var på väg dit igen ringde telefonen.

– Svensson. Hej Elida. Jo, det är bra. Visst, hon kom hem igår. Hur har ni det? Det var ju skönt. Jaså, i april. Det blir väl bekvämt och bra. Jo, jag har tänkt på det sen sist. Ni gör rätt i det, tycker både Marianne och jag. Jodå, det tycker vi visst det! Visst, jag skall kalla på henne.

Han lämnar över luren till sin hustru och gick in i rummet igen. Han tittade mot barskåpet men gick förbi och satte sig i TV-fåtöljen. Det hade varit skönt att tala med Elida. Han hade haft lite dåligt samvete sen sist, då han avbrutit samtalet. Det var inte mer än rätt att de kostade på sig ett dass inne. De hade levt sparsamt i alla år, tänkte han som om han försökte övertala sig själv att de gjorde rätt. Men det var någon obehaglig känsla ändå inuti Rutger. Det var väl det där med byrådirektörn, systrarnas plötsliga lättsinne för pengar och så den vassa tonen de hade ibland och som de aldrig tidigare använt mot honom.

– Dom verkade så nöjda, säger Marianne när hon kommer in i rummet. Så förväntansfulla på något sätt. Vi borde åka och hälsa på lite oftare.

– Såja gumman, dom klarar sig, det har dom alltid gjort.

Han drog ner Marianne i knät.

– Skulle vi kanske ta en liten drink tillsammans?

– Inte i kväll, vi drack ju igår, det får inte bli någon vana, svarar Marianne.

Rutger kände sig besviken. Det hade känts mera legalt om Marianne också tagit en. Nu kunde han bara inte få för sig att själv slå upp något. Han kände ett styng av irritation.

– OJ, skrek Marianne. Jag har bullar i ugnen. Kanelbullar, tillägger hon mjukt.

– Mmm, Rutger gnider sig på magen.

Resan hade gjort henne gott det märktes. När Marianne försvunnit ut i köket smög Rutger försiktigt ut i hallen. Marianne hade verkat så mjuk och vänlig i kväll och man kunde inte veta om hon ville i kväll också. För säkerhets skull öppnade Rutger verktygslådan. Han vände sig om för att försäkra sig om att han var ensam. Han öppnade varligt locket på burken men blev sedan varse att han inte hade någon tesked inom räckhåll. Stämjärnet får duga, tänkte han och just som han stoppade det i munnen hör han Mariannes röst.

– Men vad gör du Rutger! säger hon förfärad.

Rutger svalde snabbt men kunde inte svara. Han hittade ingen förklaring som kunde anses hållbar.

– RUTGER, vad gör du? säger Marianne igen som om han inte hört.

– Jag kontrollerar verktygen bara. Tänkte laga den där dörren som griper till serveringsgången.

Det syntes att Marianne inte trodde honom. Men hon var finkänslig, hon sa inget mer men tittade undrande på honom när han stängde verktygslådan och sköt till dörren. Han kände Marianne efter alla år och han visste, att så snart han gett sig iväg till arbetet följande dag så skulle hon genomsöka varje millimeter av verktygslådan. Han måste hitta ett nytt gömställe och det redan i kväll när Marianne somnat.

Rutger somnade vid teven denna kväll och när han kom in i sovrummet sov Marianne också. Han svor tyst för sig själv. Han hade förbrukat en tesked av medlet till ingen nytta. När han lagt sig, tittade han på Marianne. Han försökte föreställa sig henne i den ställning flickan haft i tidningen. Han kände sig upphetsad och varm och han var övertygad om att det var ingredienserna i burken som på nytt väckt liv i hans kropp. Han låg länge sömnlös och funderade på var han skulle gömma burken. Det kändes som Marianne hade kontroll över varje liten bit av deras hem och han kunde inte tänka sig något ställe som Marianne inte kände till. Jo, det fanns en plats till, tänkte Rutger lättad och det var i elskåpet där propparna fanns. Men även om Marianne aldrig öppnat detta skåp så kändes det ändå otryggt på något sätt, så öppet och tillgängligt. Efter många kval bestämde sig Rutger för att lägga burken i sin portfölj och ta den med morgonen därpå. Han skulle lägga den i bilen, i utrymmet vid reservdäcket. Han tittade på Marianne som sov lugnt. Han tassade försiktigt upp, ut i hallen och öppnade dörren till skåpet. Just som han öppnat verktygslådan ropade Marianne.

– RUTGER!

Han smällde snabbt ihop lådan och rusade in i sovrummet.

– Vad är det? säger han upprört.

– Jag tyckte jag hörde någon vid ytterdörren, säger hon och vänder sig om, drar täcket över axlarna, smackar ett par gånger och somnar igen.

Rutger kände sig illa till mods. Han vågade inte gå ut i hallen igen och bli ertappad. Han gled ner mellan de svala lakanen och bestämde sig för att gå upp tidigt följande morgon innan Marianne vaknat. Sömnen ville inte komma, Rutger kände sig ängslig och orolig. Han hörde kyrkklockan slå två slag och han suckade tungt.

KAPITEL 25

Kvällen i Borrby hade varit lugn och behaglig. Samtalet med Rutger hade gjort systrarna glada. Han verkade så nöjd och glad, Marianne också och de var övertygade om att det var deras förtjänst.

Det där med firman hade tagit hårt på krafterna, ingenting var sig likt längre. Det var resorna till stan, rädslan för att bli ertappade och inte minst samvetet över den verksamhet som de bedrev i sitt föräldrahem där förfädernas ögon följde händelserna från porträtten på väggen. De hade lagt upp de sista julkakorna på kakfatet, tänt ljus och försökt att lugnt och sakligt resonera igenom saker och ting.

– Jag tror vi slutar, säger Elida plötsligt.

– Men, flikar Tilda in, men hon saknade argument.

– Vi har så det räcker, fortsätter Elida, men skulle det fattas något har vi i brygghuset. Vi klarar oss alltid.

– Men Rutger då? säger Tilda försiktigt.

– Vadå Rutger?

– Ja, när medlet tar slut och han inte kan köpa mer.

– Vi kan väl skicka honom lite mer, säger Elida och för första gången var det hon som talade innan hon tänkte.

– Jaså, säger Tilda syrligt, nu hade hon sin chans. Vi skall kanske skicka honom ett par burkar till födelsedagen. GRAT-

TIS PÅ FÖDELSEDAGEN och lycka till önskar Tilda och Elida. Det skulle se något ut det va? Tilda njöt av varje ord hon sa och skulle just fortsätta när Elida avbröt.

– Ja, ja, det räcker nu.

Elida funderade en stund.

– Vi kunde kanske låtsas att vi skickade ett meddelande till alla våra kunder att firman skall läggas ner och så skicka med receptet.

– Är du tokig, säger Tilda, hon hade övertag i kväll det var helt klart. Tänk om det kommer ut och Alvar får veta. Då förstår han.

– Ja, ja, suckar Elida ännu en gång.

Trots detta med Rutger bestämde de att firman skulle läggas ner. De hade fått in pengar till vad de skulle och behövde lugn och ro.

– Men det har varit roligt, säger Tilda när de lagt sig.

Elida svarade inte.

– Minns du första gången vi öppnade boxen, fortsätter hon, när breven föll ut och när du klämde fingrarna på mig.

Elida började skratta.

– Ja du Tilda, nog minns jag och när vi drack adventskaffe och somnade vid bordet av allt det starka.

– Med ljusblå ljus i adventsljusstaken.

De skrattade länge och ljudligt.

– Minns du den första leveransen, Elida?

Elida sov redan men Tilda fnissade till ytterligare ett par gånger vid tanken på alla de händelser som inträffat senaste tiden. Kaffet hade börjat rinna till men Tilda ville inte väcka Elida för att be henne gå med ut till dasset. Hon steg upp. Öppnade pottskåpet och satte sig på den vackra porslinspottan i Rörstrandsgods. Medan den tunna strålen strilade mot porslinet, tittade Tilda mot sin syster. Hon kände en ömhet strömma genom sin kropp. Tokstolla, tänkte hon, skicka receptet till Rutger. Hon reste sig, lade en av Alvars tidningar över pottan och satte in den i skåpet. Värmen hade inte hunnit försvinna ur sängen och Tilda kurade ihop sig i den sköna sängvärmen. Sen kan vi ha pottan att plantera blommor i som sommargästerna gör, tänkte hon belåtet.

Kölden kom tillbaka, hård och oberäknelig. Vattnet i tunnan nedanför stupröret hade börjat frysa och det gick åt mycket ved till spisarna för att hålla värmen. Snön höll sig borta och torrfrost var inte bra för växterna i trädgården.

Vid frukosten konstaterade systrarna att ännu ett hus i byn var sålt till en storstadsbo. Man brukade kalla stockholmarnas hus för eternellhus. Det var en bedrövlig syn på vintrarna när husen stod ödsliga i långa rader. Fönstren var prydda med eterneller och i fönsterkarmarna låg döda flugor som ett minne från den sommar som gått. Några hus hade aldrig sålts utan hyrdes bara ut.

Jesperssons lilla korsvirkeslänga tillhörde de hus som brukade hyras ut. Ofta var det konstnärer eller liknande som slog sig ner på landet någon vecka. Knepiga människor, sa man i byn. I synnerhet textilkonstnärinnan som kom varje sommar. Hon hade egna idéer om det mesta och föreföll lite kufisk. Någon hade sagt att hon varit intagen på mentalsjukhus men det var mest som pratet gick. Hon hade kommit ihop sig med husägaren Jespersson, men trots det fick hon hyra varje sommar. En sommar hade hon textat ett stort plakat och satt i fönstret. Där stod ”Jesperssons flugor”och så hade hon ritat en pil ner mot fönsterkarmen där det låg en hel hög av döda flugor. Munterheten blev stor i byn och man spekulerade över vad hon egentligen menade. Någon klarhet fick man aldrig men teorierna var många. Vin köpte hon nästan varje dag. Satt obehindrat ute i trädgården med sin vinflaska. Ibland mitt på blanka förmiddagen.

– Hon borde veta hut! hade Karna Bengtsson sagt en gång när de haft sällskap hem från kyrkan och det där fruntimret satt där i solen med sitt vin och en stor, fet cigarr i munnen. Men Karna Bengtsson var falsk. Hon krissade och fjamsade för sommargästerna och visste inte hur väl hon skulle göra för att ställa sig in. Trots att hon ojade sig över att textilkonstnärinnan drack vin, så hade Karna flera gånger erbjudit sig att köpa hem vin till henne när hon ändå skulle till stan. Nej, Karna Bengtsson var inte till att lita på och inte sommargästerna heller för den delen. Tilda och Elida hade själva inget sett men de hade hört en del, det hade de.

Ja, vintern hade slagit till igen och det dröjde ännu ett tag innan eternellhusen skulle invaderas av storstadsbor.

Systrarna kände sig för första gången på länge lite onyttiga. De hade inga sysslor som väntade och de var rastlösa denna februarimorgon. Brevbäraren hade bråttom annars kunde han ibland stanna en extra stund och fördriva tiden för dem. Pensionsavierna kom men även en liten katalog med varjehanda varor.

– Vi kokar oss en kopp varm choklad, säger Tilda, och så tittar vi i katalogen.

Elida hämtade snabbt de båda keramikmuggarna som stod i köksskåpet. Det var muggar som Rutger och Marianne köpt en sommar när de var på besök. De tyckte inte om att dricka morgonkaffet ur de tunna, skira kaffekopparna, så de hade köpt sig var sin mugg som sedan blivit kvar.

Snart fylldes köket av en härlig chokladdoft. Elida satte assietter under kopparna för att inte fläcka ner den nytvättade duken.

– Mmmm, det värmde gott, säger Tilda och blåser först i muggen innan hon smuttar på innehållet.

De lade den färggranna katalogen mellan sig och Tilda vände försiktigt de första bladen. Det var sommarens kläder som redan var till försäljning.

– Den är vacker den, säger Elida och pekar på en stormönstrad klänning med plisserad kjol.

– 500:–, säger Tilda, dom är billigare än dom vi köpte i stan.

Hon höll på att bita tungan av sig. Hon hade ju aldrig berättat för Elida vad hennes klänning kostat.

– Ja, det är dom, svarar Elida utan att reagera på vad Tilda sa.

Jaså, tänkte Tilda då hade Elidas klänning också kostat över 500 kronor. De njöt av alla de vackra bilderna, diskuterade priser och skrattade åt en del saker som såg för tokiga ut.

– DÄR! skriker Tilda och pekar. Hon håller nästan på att välta ut chokladmuggen. TITTA.

– Lugna dig människa, säger Elida förebrående.

När Tilda lugnat ner sig, pekar hon försiktigt med sitt värkbrutna finger.

– Titta Elida, en sån matta som vi bestämt att köpa till vårt nya badrum.

– Ja, titta. Elida blev själv upphetsad. Och i den rätta blå färgen.

– Titta, en sådan att lägga på locket, fortsätter Tilda och pekar på det flossade överdraget till toalettsitsen.

– Vad kostar det Elida?

Elida läser högt:

– Exklusivt badrumsset bestående av matta och toalettöverdrag i högklassig 100% polyester. Endast 198:–.

– Det var väl billigt Elida? eller... Tilda väntar otåligt på svar.

– Mjaa kanske. Elida vänder sida.

– Men, säger Tilda ivrigt, skall vi inte köpa det?

– Inte skicka efter, säger Elida förståndigt, det skall man aldrig göra.

– Varför? dristar sig Tilda till att fråga.
– Postorderfirmor är bluff och lurendrejeri.
– JASSSÅ, men vi har ju själva en.
– Dom visar ett på bilden och när det kommer är det något annat.
Tilda vågade inte stå på sig men hon hade svårt att koncentrera sig på de fortsatta uppslagen.
– Evighetsfilterpåse, läser Elida högt. Diska, använd och spar 100-tals kronor per år. I nylon med bygel av plast.
– Sån skulle vi haft, säger Tilda, men det behövs ju inte längre nu när vi slutat med firman.
– Men vi brygger ju kaffe själva. Lever vi några månader till så har vi redan sparat in den.
– Vadå lever? säger Tilda oroligt. Mår du inte bra Elida?
– Visst, svarar Elida lugnande, men på ett par månader har vi sparat in den.
Tilda ser fortfarande orolig ut.
– Så det är säkert att du mår bra?
– Du såg hur det gick med Blixt. Frisk som en nötkärna och så plötsligt. Tilda skrattar.
– Det är väl inget att skratta åt, säger Elida.
– Jag tänkte bara på när han dog.
Mor Elna hade hört det redan på morgonen i handelsboden och skulle berätta det för smedmästaren så fort hon kom hem. Mor Elna hade varit upprörd över det dystra budskapet och sagt:
– Blixt är död. När han gick till sängs igår var han frisk men när han vaknade i morse var han död.
Smedmästare Svenssons bullriga skratt hade fyllt upp hela köket.
– Hur kan man vakna när man är död? Du är då för tokig Elna.
Elna hade tittat förläget ner när hon fattat vad hon sagt.

Smedmästarens skratt hade snabbt tystnat och han blev allvarlig.

– Det var en bra karl Blixt, hade han sagt för att liksom släta över.

Ofta hade Tilda tänkt på det där med döden. Hon hade funderat över hur hon skulle klara sig om Elida dog först. Det var ju trots allt hon som var bäst på att styra och ställa. Inte minst sista tiden hade tankarna på döden kommit allt oftare. Hon ville att de båda tillsammans skulle få uppleva omändringarna av sitt gamla föräldrahem och lite rädsla hade det också funnits beträffande firman. Nu var de två som stod med skammen om något oförutsett skulle hända. Tilda rös vid tanken. Hon sneglade mot Elida. Hon såg då frisk ut i alla fall, tröstade hon sig.

Tilda såg att Elida tagit fram ordersedeln, hon hade också plockat upp en penna från lådan.

– Skall vi köpa ett sånt där filter då? säger hon.

– Ja, om du väntar med att dö tills det betalat sig. Men det är en sak på bild och en annan när det kommer, säger Tilda syrligt och så skrattade de båda befriande.

– Skall vi ändå skicka och ha kostnad för frakt borde vi kanske.

– Tokstollar är vi, säger Elida och fyllde i ordersedeln. Ett evighetsfilter och ett badrumsset i polyester.

Chokladen hade kallnat i muggarna och det hade blivit skinn på ytan. Det var första gången som de båda systrarna skickat efter varor via postorder och båda inköpen fick betecknas som lyxvaror, men skulle de nu kosta på sig kanske nittiotusen på ett nytt dass, så fick de 220 kronorna ingå i den allmänna konkursen, skämtade Elida.

– Inte är det väl någon risk att vi går i …, ordet var så fult att Tilda inte kan förmå sig att ens uttala det.

– Äsch, säger Elida, det förstår du väl att vi inte gör.

KAPITEL 26

Allt hade fungerat hemma hos Rutger på morgonen. Marianne hade sovit tungt när han steg upp och han kunde obehindrat flytta över burken från verktygslådan till portföljen. Innan han gav sig iväg hade han gett Marianne en kyss på kinden. Hennes leende värmde honom.

När ytterdörren slagit igen, sträckte hon sig behagfullt i sängen. Han hade förändrats sen hon kommit hem. Hon visste inte om det berodde på att de varit ifrån varandra för första gången på många år, eller det var samvetet över vad som hänt där nere och hennes beslut att vara en god hustru som hade påverkat deras samliv. Hon trivdes emellertid med det nya, oavsett vad som var orsaken. Det var många år sedan hon kände en sådan tillfredsställelse tillsammans med Rutger. Hon stack fötterna i morgonskorna och gick in i duschen. Just då kom hon att tänka på det som hänt kvällen innan, med Rutger och verktygslådan. Hon stängde duschen och gick ut i hallen. Hon letade i verktygslådan, i varje liten del. Till och med i de små plastlådorna med lappgummit till cyklarna. Det var något, det kände Marianne på sig, men hon kunde inte förstå vad det var. Det var mycket märkligt det hela. Men var det något speciellt visste hon att hon skulle få veta det, förr eller senare. Efter ett så långt liv tillsammans gick det inte att ha några hemligheter. Det kom fram så småningom och med detta nöjde hon sig.

Rutger var irriterad över att frosten kommit tillbaka. Att skrapa bilrutor var inget han gillade. När han skrapat tillräckligt för att kunna klara körningen till arbetet kom han att tänka på burken. Han steg ur bilen igen och skulle öppna bagageluckan.

– FAAN! sa han högt. Igenfrusen. Han hade tvättat bilen kvällen innan och då hade det väl kommit fukt vid gummilisterna som sedan frusit till. Han kände sig för en stund förvirrad och handfallen. Han kom att tänka på flaskan med låsspray. Han sökte i handskfacket bland kartor, instruktionsböcker och tomma chokladpapper. Han hittade den till slut och gick med beslutsamma steg ut mot bagageluckan igen. Han riktade flaskan mot springan och tryckte ner, men inget hände. Han skakade och försökte igen, utan resultat.

– Jävlar! Han förstod att det blivit stopp i sprayflaskan som inte nyttjats på länge. Han började frysa och han kände hur irritationen steg inom sig. Just nu håller säkert Marianne på att söka igenom verktygslådan, tänkte han. Det retade honom att han inte hade någon plats som kändes som hans egen. Ibland var det påfrestande att två människor kände varandra så väl som Rutger och Marianne. Där fanns liksom inte utrymme för överraskningar. Man visste vad för svar man skulle få på frågor och inte gick det att göra något oväntat. Man var avslöjad innan man hunnit tänka tanken. Som den där gången då Marianne tappat sin ring under pianot i salongen. När hon böjde sig ner för att ta upp den kände Rutger en sådan oemotståndlig lust att klappa henne på stjärten.

– Låt bli Rutger, jag vet vad du tänker göra, hade Marianne sagt och ändå hade Rutger knappt hunnit formulera tanken i sitt huvud.

Rutger svor till igen men så kom han att tänka på sin klubbnål från Lions som satt i rockuppslaget. Han öppnade rocken och plockade ur nålen och försökte sticka in den i mynningen på flaskan. För tjock, suckade han. Han hade inte tid att stå där längre. Kanske löstes det av sig själv när han kört en bit och bilen blivit varm. Då skulle kanske luckan gå att öppna utan besvär. Han var stelfrusen om fingrarna då han vred om startnyckeln i tändningslåset. Han tog in musik på radion och töade snart både till kropp och själ. Han blev rent av riktigt munter till sinnes när han tänkte på vad han sysslat med den senaste tiden. Först det pinsamma på posten då försändelsen varit sönder, sedan episoden med verktygslådan och så nu detta. Men det är det värt tänkte han och såg Marianne framför sig i sängen. Han visslade en stump till musiken, men så skrattade han högt för sig själv. Han var minsann inte den ende som haft bekymmer att gömma saker. Han kom att tänka på sin barndomskamrat Gösta som han träffat på en konferens för ett tag sedan. Gösta hade berättat att hans hustru trodde att han höll på att bli alkoholist för att han ville ta med sig en flaska Vodka till sommarhuset under helgerna. Till slut hade det gått så långt att han hade förbjudits att ta med någon flaska. Trots detta så hade han alltid lyckats gömma någon flaska i bagaget. När han ertappades med detta hade hustrun börjat att minutiöst söka igenom bilen före avfärd. Bara tanken på att inte få ha någon flaska med sig hade gjort Gösta förtvivlad. Efter en hård vecka på arbetet skulle de på nytt åka ut till landet. Gösta visste att hustrun skulle söka igenom hela bilen och han blev desperat av tanken på en helg utan Vodkaflaskan. Det var då han kom på den lysande idén. Kvällen före avfärd tömde han ut vattnet från behållaren till vindrutespolaren. Sedan hade han fyllt behållaren med Vodka. Hustrun skulle köra och vädret var strålande. När de kommit ett par mil hemifrån hade det börjat regna och plötsligt hade hustrun börjat spola rutorna med Göstas Vodka. Hon hade sprutat och sprutat och Gösta hade varit utom sig av förtvivlan. Rutger skrattade på nytt åt tanken.

Först fram emot eftermiddagen hade Rutger fått upp kofferten och kunnat fullfölja sina planer att lägga ner burken i utrymmet för reservdäcket.

Tilda och Elida stod vid hallspegeln för att ta en sista titt innan de begav sig iväg till stan med 11-bussen. Det var den 17:e februari och de hade bestämt sig för att åka till stan för att se om det fanns något i boxen. De hade också bestämt sig för att säga upp postboxen till den sista samma månad.

Hade inte fler order kommit så blev det nog inte fler, hade de resonerat. Varje gång de tog på sig de fina scarfarna och handskarna de fått av Alvar i julklapp kändes det lite extra festligt.

– Behöver vi ta med pengar? säger Tilda.

– Inte mer än om det skulle hända något.

Tilda visste vad hon menade. Mor Elna hade varit noga med att lära barnen att skulle man ut och resa så skulle man ha pengar med så det räckte ifall man hamnade på sjukhus, och rena underkläder, hade hon alltid tillagt. Det sista hade hon aldrig behövt säga, för underkläder bytte de varje dag vare sig de skulle bort eller ej och aldrig hade de hamnat på sjukhus heller.

– Vi tar väl med var sin hundralapp för säkerhets skull, sa Elida.

De hade på senare år varit noga med att ha skilda kassor. Tilda misstänkte att det hängde samman med den där bonaden hon köpt på auktion men hon visste förstås inte.

Den där pirrande känslan de tidigare haft när de skulle åka till stan, var helt borta. Det hade gjort många affärsresor den senaste tiden och vana hade de fått.

Det var tomt på postkontoret, bara två före i kön. Det var som vanligt Elida som skötte det praktiska arbetet utåt så att säga.

– Vi skulle säga upp postboxen till den sista, säger Elida när hon kommer fram till kassan. Elida hade undrat om de skulle ställa några frågor men den unga kassörskan mottog meddelandet utan en min.

– Skriv under här, säger hon och lämnar över en blankett till Elida.

När hon skrivit under var allt klart. De båda systrarna gick ut i ett angränsande rum där postboxarna fanns. Tilda satte varligt nyckeln i luckan och öppnade. Två försändelser låg där. En ordersedel av det vanliga slaget som var införd i tidningen och så ett vanligt brev. Tilda tog förvånat brevet, vände och vred på det. Adressen till boxen var skriven på maskin och poststämpeln gick inte att läsa. En känsla av olust fyllde de båda systrarna.

– Det är nog klagomål, säger Tilda med sprucken röst.

Elida stoppade snabbt ner kuvertet i väskan.

– Vi måste väl se vad där står, säger Tilda.

– När vi kommer hem, säger Elida och det märktes att även hon blivit upprörd över brevet.

Tidigare hade de alltid haft andra ärenden att uträtta, gå till systemet eller en tur på Konsum. Idag behövde de inga starkvaror och någon lust till andra utsvävningar hade de inte. Brevet liksom brände i väskan och båda kände instinktivt att det inte var några goda nyheter som fanns där i.

De gick förbi kaféet, Konsum och klädaffären utan att så mycket som glutta i fönstren. De ville komma hem till Borrby så fort som möjligt. De satt nere vid busshållplatsen en dryg halvtimme innan bussen skulle gå, raka och stela på träbänken utan att säga ett ord till varandra. Tilda hade tänkt gå bort till kiosken och köpa sig en chokladkaka men det kändes fel på något sätt.

Det var Elida som sprättade upp brevet när de kom hem till Borrby. I samma stund som hon läste brevet var det som om världen slutat att existera. Det fanns bara ett stort, mörkt tomrum precis som den gången föräldrarna gått bort.

– Vad står det? säger Tilda oroligt eftersom hon förstod att det inte var något efterlängtat brev.

– Det är från Rutger, säger Elida matt.

– Rutger? säger Tilda.

– JA, RUTGER! säger Elida och vässade tonen. Hör du inte vad jag säger människa?

Tilda kröp ihop borta vid spisen. Hon hade inte hunnit sätta sig ännu men kände att det var dags nu. Hon vågade inte fråga vad han skrev.

Elidas blick flackade runt i köket, ner mot brevet och upp igen, följde taklisterna, fönstret, spisen och så till brevet igen. Men Tilda tittade hon inte på.

– Är det bra med honom? frågar Tilda försiktigt men hon förstod att Rutger inte skickat ett brev till deras postbox för att berätta hur han mådde.

Elida blänger, ilsket mot systern.

– Det var som jag sa från början, vi skulle aldrig ha startat den där firman.

– Men det var ju du som…

– Jag bara nämnde det, säger Elida, men det var du som var påstridig.

Det var likt Elida, så hade hon alltid varit. Kunde aldrig erkänna att hon haft fel.

Tilda började härskna till.

– Nej du! säger Tilda. Mycket har jag fått skulden för men detta. NEJ!

Tilda sträckte på sig, kände hur ilskan bubblade inom henne och så gick hon fram och slet brevet från Elida.

– Vad står det?

Tilda satte sig på kökssoffan och började läsa.

– Men Herregud, Elida, det går ju inte, viskar Tilda.

– Det är så dags att säga nu, säger Elida.

– Ett reportage om firman! Tilda log stelt.

– Vi har ju ingen firma längre, då är det ju inget att bry sig om.

– Känner jag Rutger rätt, fortsätter Elida ger han sig inte i första taget. Ringer kanske till posten och får veta att det är till hans egen postbox han skickat brevet.

– Elida vad skall vi göra, kvider Tilda.

Brevet hade slagit ner som en bomb hos de båda systrarna. Hur de än resonerade så kom de inte på någon lösning. En massa olika förslag hade de haft men alla hade förkastats. Irritationen hade stigit och någon kvällsmat hade de inte brytt sig om att sätta fram. De hade mest gått och plockat lite planlöst. Ibland hade tystnaden varit kylig och förtätad men så hade anklagelserna haglat igen. Först när Tilda börjat gråta insåg Elida det ohållbara i situationen.

– Var inte ledsen Tilda, det löser sig, säger Elida tröstande och då var det som om något brast inom Tilda. Hon grät, högt och hulkande och inte ens Elida kunde trösta henne.

– Här Tilda, säger Elida och håller fram en stor näsduk. Fräs nu ut så tar vi var sin besk, det kan vi behöva.

Inte ens tanken på besken kunde få Tilda att sluta gråta. Hon gick in i sovrummet, stängde dörren och borrade ner sitt förgråtna ansikte i det gamla sängöverkastet.

Elida förstod att hon som så många gånger förr måste vara den starkaste. Det gick lättare att samla tankarna nu när inte Tilda var där. Elida satte på en kopp kaffe. Gick in i finrummet och plockade fram några chokladpraliner de fått av Alvar vid något tillfälle. Hon gick bort till drängskåpet i hörnet, tog fram två spetsglas men hällde inte upp utan satte flaskan bredvid på bordet. Adventsljusstaken hade de tagit bort men Elida plockade fram två vackra gröna ljus som legat i köksskåpet i många år. Hon gläntade försiktigt på dörren till sovrummet.

– TIILLDDA, kaffet är färdigt. Hör du Tilda?

Tilda fräste ljudligt i den stora näsduken och sedan steg hon upp från bädden.

– Så fint du dukat, säger Tilda, och med ljus, chokladpraliner och besk.

– Inte kan vi väl låta brevet från Rutger förmörka vår tillvaro, säger Elida, ingen skada är ju skedd och vi skall nog klara upp det skall du se.

Tilda hade stort förtroende för systern och hade hon sagt att de skulle klara det, så skulle de.

Det smakade gott med kaffet och pralinerna och besken tog de under tystnad, både en och två. När Elida skulle slå upp den tredje skrattade Tilda:

– Är du tokig.

Men hon tog bort handen från glaset och Elida slog upp den tredje snapsen.

– Jag har tänkt, säger Elida. Vi får nog skriva till Rutger ändå. Tacka för erbjudandet men förklara att firman är nerlagd.

– Är det inte lika bra att vi säger som det är, säger Tilda.

– ALDRIG, säger Elida med hög röst. Vad skulle han tänka och Marianne, ALDRIG.

– Men hur skall vi skriva då? säger Tilda oroligt.

Elida plockade fram block och penna och så började de att författa brevet till brodern. Elida skrev och suddade och under tiden hade Tilda slagit upp en liten skvätt besk till.

– Får höra, säger Tilda som plötsligt åter fått glans i sina ögon.

Elida läste högt:

– Härmed får vi tacka för erbjudandet att medverka i Edert reportage angående postorderfirmor. Tyvärr har vi lagt ner firman idag.

– Tyvärr? avbryter Tilda, men vi ville ju båda...

– Du måste höra fortsättningen, säger Elida.

– ... tyvärr har vi lagt ner firman idag på grund av hälsoskäl.

– Är du sjuk ändå? säger Tilda oroligt.

– Ville du höra vad jag skrivit eller inte? snäser Elida.

– Ja, ja.

– ... idag på grund av hälsoskäl. Vi beklagar å det djupaste att vi inte kan medverka men vi hoppas att ni kan finna någon annan lämplig firma som har möjlighet att ställa upp. Högaktningsfullt.

– Högaktningsfullt Tilda och Elida, flikar Tilda in med syrlig röst. Vad skall vi skriva under med då?

– Skriv själv om det är så enkelt, säger Elida surt och kastade blocket över till Tilda.

– Nej, nej, för allt i världen, säger Tilda. Det var ju bra Elida, men det var det där med att vi var sjuka och så.

Ljusen hade hunnit brinna ner, pralinerna var slut och glasen hade de tömt innan de var överens. Elida hade renskrivit kladden med riktig reservoarpenna och de var båda nöjda med resultatet.

– Får höra en gång till, säger Tilda och Elida läser med stolt röst:

– Vi har med tacksamhet mottagit Edert brev med förfrågan huruvida vi vill medverka i Eder tidning. På grund av ändrade förhållanden nödsakas vi emellertid att upphöra med vår verksamhet redan idag. Vi kommer framöver inte att vara anträffbara. Vi känner oss smickrade över Er förfrågan och hoppas att Ni kan finna ett annat företag till Er artikel. Hälsningar Box 108.

– Det låter fint Elida, säger Tilda berömmande, men det där sista med kära hälsningar Box 108 låter lite tokigt.

De hade börjat bli rödkindade av besken och irritationen var helt borta.

– Men vi kan ju inte skriva våra namn under, säger Elida.

– Kanske kunde vi slänga till handstilen lite eller skriva några andra namn, han får ju aldrig veta något ändå.

– Eller kunde vi låtsas som vi glömt underskriften, säger Elida.

Inget av alternativen var bra, det var de överens om, men för första gången i sina liv blev systrarna överens om att göra något ohederligt.

– Vi får väl skriva några andra namn då, säger Elida när alla alternativ var genomtänkta och ratade.

– Det är bara för dasset och mina hemorrojder, säger Tilda, annars hade vi aldrig gjort det.

– Nej, sa Elida tröstande när hon såg hur uppgiven systern såg ut.

Innan de gick till sängs hade de noga pratat igenom allt en gång till.

– Sen måste allt bli som vanligt, säger Tilda och tar sig för bröstet.

I det tomma köket stod en flaska besk och två snapsglas. Lutat mot flaskan stod ett kuvert med sirlig stil adresserat till: Redaktör Rutger Svensson. Mellan kaffekopparna låg bibeln uppslagen. De hade bestämt sig för att läsa ett kapitel innan de gick till sängs. Det var så länge sedan och det var precis som samvetet inte gnagde så hårt sedan de läst ett par kapitel ur Herrens bok. De hade glömt att rulla ner gardinen i sovrummet och den bleka månstrimman lyste in, Borrby låg öde och tomt. Alvar Klemens hus syntes som en svart silhuett mot kvällshimlen och om drygt två månader skulle deras utedass vara ett minne från en svunnen tid.

KAPITEL 27

– Inga parfymerade brev idag heller redaktören, säger Mona spydigt och kastar posten på Rutgers bord. Jag trodde det skulle bli många sådana nu när du varit gräsänkling.

Ibland orkade Rutger inte med henne. Vulgär och ofin var hon, men figuren var det inget fel på men det var precis som Rutger inte tittade på den nu längre sedan Marianne kommit hem.

Han tittade lite förstrött bland posten. Reklam till och med på jobbet, kurser och konferenser men så såg han brevet från Borrby. Det skilde sig från de övriga på grund av den sirliga stilen och det vanliga vita affärskuvertet. Plötsligt slog det Rutger. Det var ju samma stil som på postförsändelsen. Han stängde dörren till sitt rum och sprättade försiktigt upp kuvertet.

... Vi har med tacksamhet. Rutger läser småleende brevet, fnyser till och slänger det åt sidan.

– ... nödsakas vi emellertid att upphöra med vår verksamhet redan idag, säger han högt. Han hade fått ett märkligt veck i pannan och blicken sökte sig gång på gång mot brevet.

Det var något som inte stämde det kände han redan från första stund då försändelsen kom och så nu detta. Det fanns någon tanke inom honom som gnagde och gnagde men som han inte vågade släppa fram ens för sig själv. Brevet förföljde

Rutger hela dagen och när han kom hem frågade han Marianne:

– Du brukar spara gamla vykort, va?

– Hur så? säger Marianne.

– Har du något från Tilda och Elida?

– Tilda och Elida, varför då?

– Måste du alltid säga varför då, snäser Rutger. Kan du inte svara ja eller nej bara?

– Ja, säger Marianne.

– Vadå ja?

– Ja, säger Marianne igen. Vi har kort från dom som ligger i korgen under runda bordet.

Rutger tog korgen, satte sig i fåtöljen och började leta. Här, tänkte han, och tog upp ett färggrant vykort från sina systrar. Han stoppade handen i innerfickan och tog ut brevet han fått med posten samma dag. Store tid, tänkte han, nog var stilen lik alltid men det kunde bara inte vara så, fanns ingen möjlighet. Han skrattade. Skulle hans båda nuckor till systrar som alltid levt ett så dygdigt liv starta postorderfirma i potensökande medel? De som knappast visste vad en karl var och nästan var 80 år. Tankarna for vidare. Nej, det var inte möjligt, men ändå kunde han inte släppa tanken. På något sätt blev han också tveksam över om han skulle fullfölja reportaget. Han ville inte ha bekräftat, ingenting veta. Men Herregud, det var vanvettigt, omöjligt. Rutger skrattade högt men skrattet nådde aldrig ögonen.

– Hittar du dom? ropar Marianne från köket.

– Ja, skriker Rutger och satte snabbt tillbaka korgen med vykorten.

Marianne var vänlig den kvällen, gjorde närmanden och ville ligga i Rutgers säng. Rutger var inte på humör men ville inte avvisa henne.

– Kom du in ett tag, svarar han, men jag har haft en jobbig dag på kontoret så det räcker kanske att vi håller om varandra en liten stund.

Han märkte hur löjligt det lät. Det var precis som han efterapade Mariannes ord.

– Inte i kväll, jag är så trött, bara hålla om, brukade hon säga. Men Marianne verkade nöjd och kurade ihop sig som en liten boll vid Rutgers sida.

Rutgers tankar for runt, runt. Tanken på brevet ville inte släppa honom.

Allteftersom dagarna gick blev de båda systrarna alltmer övertygade om att Rutger nöjt sig med brevet och inte hade för avsikt att kontakta dem mer. De slappnade av och njöt nästan av sysslolösheten och räknade dagarna tills omändringsarbetet skulle börja. På fredagen hade Olofssons son varit och tagit mått för han skulle beställa hem material. Man kan väl nästan säga att omändringsarbetet redan har börjat, sa Tilda vid kvällskaffet. Under den gångna veckan hade de fått vykort från Alvar. Inte för något särskilt utan bara en hälsning med hopp om att allt var väl. De bestämde sig för att skicka Alvar ett kort. De hade dåligt samvete över att det var så länge sedan de hörts av men nu hade de fått bättre tid så nu skulle det bli av.

På måndagsförmiddagen knackade det på dörren, den öppnades och brevbäraren stack in huvudet.

– Här var det postorder! säger han och Tilda och Elida stelnade.

Visste han? I så fall kunde de lika gärna flytta från Borrby till ålderdomshemmet eller servicehuset som Rutger föreslagit. De stod som förstenade tills brevbäraren trädde in i hela sin gestalt med en kartong under armen.

– Det är väl inget att se så förskräckta ut för? Ni har väl själva beställt det, säger han frågande.

Systrarnas båda kroppar ledades till igen och Tilda bröt som vanligt tystnaden.

– Javisst, det hade vi nästan glömt. Eller hur Elida?

Elida nickade lättat.

– Får vi bjuda på en kopp kaffe? Det är färdigt. Elida nickar bort mot kaffebryggaren.

– Jaså, det är till att ha skaffat moderniteter, säger han och pekar mot bryggaren.

– Ja, det är bekvämt och bra, säger Elida och bröt för en gångs skull tystnaden först. Hon litade inte på Tilda, det gjorde hon inte.

Det blev mest sladder från byn, men det gillade de båda systrarna för de var ju sällan ute på byn och fick möjlighet att höra vad som hände.

– GIFT SIG! säger Elida. Nicklasson?

– Jojomensan, säger han stolt över att ha kunnat förmedla en nyhet.

– Han är väl 70 år, säger Tilda.

– Visst, men det går bra ändå, får dom bara tag i unga kvinnfolk är det inga problem.

Elida kände sig generad över vad han sagt.

– Vem är hon? säger Tilda som för att leda samtalet vidare.

– En av sommargästerna.

– VA! säger Tilda.

– Jodå, och en av de riktigt unga. Han kunde vara far till henne om så skulle vara.

– Ja, jag säger då det, suckar Elida.

Det var mycket nyheter de fått veta denna förmiddag men ändå var det som om de var otåliga och önskade han skulle ge sig av. De var spända på innehållet i kartongen. Brevbäraren lämnade postförskottsavin och sa:

– 248 kronor.

Tilda gick bort till den gamla kakburken där de samlat alla pengar som kommit in till firman. Hon ställde burken på bordet och började räkna i de stora sedelhögarna. Han sneglade lite försiktig.

– Det där bankrånet i Ystad, jag borde kanske tipsa polisen, säger han skrattande.

Tilda smällde snabbt ihop lådan och räckte honom 300 kronor. Som alltid var det Elida som fick försöka släta över systerns övertramp.

– Ja, vi skall börja renovera huset så vi var på banken igår och hämtade ut lite.

– Ja, ja, säger brevbäraren generat, det var bara på skoj.

– Det är precis som Elida säger, fortsätter Tilda.

När de blev ensamma fick Tilda en reprimand av systern.

– Tänk att du aldrig kan tänka dig för, säger Elida. Inte skall man väl visa att man har så mycket pengar hemma. Det skulle allt vara snyggt om vi blev bestulna efter allt slit vi haft.

– Han är en hederlig karl, säger Tilda.

– Han ja, men du hörde ju hur han berättade vitt och brett om vad som hänt i byn. Det är så lätt att det kommer ut och sen vet man aldrig.

Tilda fick hålla med om att hon varit lite oförsiktig men hon var så ivrig att han skulle komma iväg så de kunde öppna paketet.

Elida satte upp lådan på bordet och började riva av tejpremsorna. Lådan var väl förseglad och Tilda nästan stampade av iver. Så äntligen blottades innehållet. Kaffefiltret låg i en prasslig liten påse men badrumssetet lågt fint instoppat i en mjuk, fin plastpåse.

– ÅH, säger Tilda när mattan och sitsöverdraget låg på bordet. ÅH så vackert. Hon strök försiktigt med sina värkbrutna händer över det mjuka materialet. Så mjuk och varm. Känn Elida!

– Äsch, säger Elida, men lade ändå sin hand över den ljusblå mattan.

Ja, varm kändes den det fick hon tillstå och mjuk också.

De stod länge tysta och beundrade badrumssetet. De hade så när glömt bort filtret tills Tilda ryckte det åt sig. Hon öppnade den prassliga påsen och höll upp filtret.

– Som dom kan Elida. Titta! Bara diska och så använda igen.

– Vi får väl pröva det, säger Elida och gick bort mot kaffebryggaren.

Tilda skulle just sätta ner lådan på golvet då hon fick syn på ytterligare en sak i lådan. Vreden steg inom henne. JASSÅ, Elida hade smygbeställt utan att hon visste, det var inte snällt och Elida som bara haft ont att säga om postorderföretag. Tilda blev riktigt arg.

– På bild är det ett, men när det kommer är det något annat, säger Tilda vasst. Nog tycker jag det ser ut som det vi beställt i katalogen, eller hur?

Elida såg förvånad ut över systerns plötsligt beska stämma.

– Javisst gör det det, Tilda.

– Kanske bäst att du kontrollerar det andra som du också beställt, fortsätter Tilda, så det är likadant som på bilden.

– Vadå det andra? säger Elida förvånat.

– Det vet du väl bäst själv, du som beställt.

Tilda gick bort till kartongen. Plockade upp det bruna papperet som skickats med som utfyllnad.

– Är kanske bäst att lyfta papperet, det ligger väl flera varor under, fortsätter Tilda.

– Vad pratar du om? säger Elida och nu låter även hon irriterad.

– Här, säger Tilda, men har vi inte kakfat så det räcker?

Elida gick fram till kartongen och såg ett litet kakfat i plåt med vackert målat mönster.

– Jag har inte beställt något, säger Elida och det hördes att hon talade sanning.

Hon tog upp packsedeln ut kuvertet.

– Snabbhetspremie. Vid svar inom åtta dagar erhåller ni utan kostnad ett vackert kakfat, läser Elida.

Tilda skämdes men så började de plötsligt skratta båda två. De tyckte om varandra, det gjorde de, men de var lite misstänksamma och avundsjuka ibland. Det blev en andra förmiddagskopp innan middagen.

– Vi måste ju prova det nya filtret, säger Elida.

– ...och kakfatet, säger Tilda och lägger upp var sitt litet kex på det nya fatet.

Ja det blev en riktigt festlig förmiddag. Kaffe bryggt i ett modernt plastfilter, ett vackert kakfat med målade blommor och mitt på bordet det fina badrumssetet. De bara smuttade på kaffet, det var som om de ville njuta så länge som möjligt. Mattan fick ligga kvar på köksbordet hela dagen och när det blev sängdags och de klätt av sig lade Tilda ner den på golvet inne i sovrummet. Hon gick upp och ställde sig på mattan och lät de taniga, bara fötterna sjunka ner i det mjuka materialet.

Elida hade fnyst lite föraktfullt men när Tilda gick ut i köket för att lägga sina tänder kunde hon se Elida spegla sig i de stora porträtten inne i sängkammaren och var stod hon, om inte på mattan. Tilda fnissade tyst och den där ömma känslan rusade igenom hennes kropp igen.

KAPITEL 28

Rutger hade mycket att göra på arbetet. De heta kärleksnätterna han haft med Marianne ett tag efter hennes hemkomst blev allt färre. Rutger hade tagit av medlet men det verkade inte som det hade någon kraft längre men ibland när han skulle älska med sin hustru hade han tänkt på flickan i tidningen, på vad hon gjort och skall sanningen fram hade Rutger vid flera tillfällen fantiserat att det var han som var med på de ömma kärleksscenerna med flickan. Då hade plötsligt kroppen vaknat till liv och han kunde fullfölja kärleksakten med Marianne. Men han skämdes ibland, det gjorde han.

Rutger hade tagit kontakt med ett annat postorderföretag och reportaget hade blivit lyckat men brevet från det andra företaget hade han inte glömt. Olustkänslan fanns där hela tiden och fast han bestämt sig för att han inget ville veta om sina misstankar, bestämde han sig för att åka och hälsa på sina systrar kommande helg. Han ville bara se hur de hade det och kanske kunde han ge dem några goda råd inför den stundande omändringen i föräldrahemmet. Marianne hade känt sig krasslig och ville inte åka med utan avvakta till sommaren.

Tilda och Elida hade varit i brygghuset och röjt undan. Kanske behövde något bäras ut inne från huset när hantverkarna kom och det var bra att vara förberedd i god tid. Det var isande kallt ute och även om de hade både hemstickade strumpor och sina gamla pälsmössor på sig var de stela av köld när de kom in i huset. De hade just börjat tina upp när telefonen ringde. Elida höll på att snyta sig så det var Tilda som för ovanlighetens skull svarade.

– Hej Rutger. Jo, vi mår bra. Och du? Nej, jag är inte ledsen, det är bara näsan som töar förstår du. Har varit ute i brygghuset och röjt lite. På lördag, det var en överraskning. Marianne också?

Elida stannade upp mitt i en utfräsning.

– Visst det går bra, säger Tilda tveksamt. Eller hur Elida?

Elida såg frågande ut.

– Jo, det är Rutger som vill komma och hälsa på till helgen, bara han, Marianne är lite krasslig. Det går väl bra Elida?

– Visst, säger Elida tvekande.

– Det är inte för något särskilt du kommer Rutger? Ja, jag menade, bara hälsa på ja. Det var ju trevligt.

Tilda lade på telefonluren och de båda systrarna stod stela på golvet.

– Du kunde väl sagt att vi skulle resa bort, säger Elida.

Typiskt tänkte Tilda. Nu börjar hon igen. Tilda blåste upp sig.

– Du sa själv att det gick bra, så nu blir det så.

Hon sa det så bestämt att Elida inte kom sig för att invända.

Det var som om det aldrig ville ta slut. Så fort de fick det lugnt och bra, var det något nytt som dök upp. Det blev hektiska dagar. De båda systrarna handlade hem, bakade och förberedde. De ville minsann visa Rutger att de kunde ännu.

När lördagen kom, lyste hela huset. Doften från bak och matlagning fyllde varje skrymsle. Sina nya klänningar hade de tagit på och Elida hade förmanat systern att tänka sig för så hon inte pratade bredvid mun. De hade en gång varit överens om att hemligheten med deras firma skulle följa dem i graven, oavsett vad som hände.

Rutger kände sig spänd inför besöket hos sina systrar. De hade förändrats och Rutger kände också ett obehag över om det var så, att det trots allt var de som var potensgivarna. Då visste de att Rutger beställt och tanken besvärade honom. Han hade gång på gång, intalat sig själv att det var uteslutet och han hade också bestämt, att han på inget sätt skulle försöka få klarhet i det hela. Sanningen kunde bli obehagligare än ovissheten. Marianne hade skickat med en kartong choklad till sina båda svägerskor och Rutger hade tagit med ett skåp till deras nya badrum. Han hade inte köpt det utan vunnit det i en slogantävling på arbetet, men det behövde han ju inte berätta. Vägskylten visade att det bara var tre kilometer kvar fram till föräldrahemmet. Rutger slog ifrån radion. Han ville samla tankarna innan han kom fram. När han körde upp framför huset konstaterade han snabbt att det i alla fall var sig likt utifrån. Han lät väskan stå kvar i bilen och tog bara med sig chokladen och skåpet.

Systrarna hade stått nervösa och förväntansfulla vid fönstret och öppnade dörren innan Rutger hunnit knacka.

– Goddag i stugan, säger Rutger hurtigt.

– Välkommen Rutger, säger Tilda och Elida i mun på varandra.

Rutger satte ifrån sig sakerna på kökssoffan och kramade om sina båda systrar. De såg ut att må bra, det gjorde de, såg till och med yngre ut än sist. Nya klänningar hade de tydligen också köpt. Riktigt klädsamma.

– Slå dig ner Rutger, säger Elida.

Tilda var redan igång med att koka eftermiddagskaffe.

– Varmt och gott har ni, konstaterar Rutger.

Det var något visst med spisvärmen. Den väckte så många

känslor inom honom. Han såg plötsligt framför sig hur det var förr. Smedmästaren på rygg i kökssoffan med en tidning över huvudet. Mor Elna vid spisen och så de tre syskonen vid köksbordet. De båda systrarna brukade sitta och brodera medan Rutger satt med sina läxböcker. Oftast trodde de att pappan sov, men så ibland prasslade det plötsligt till i tidningen och så tittade han på sina barn med varm blick.

– Sjätte budet Rutger, och så svarade han villigt på hans frågor. Svarade han rätt fick han en gillande blick men svarade han fel sa han alltid:

– JASSÅMINSANN? Så fick aldrig jag lära mig när jag gick i skolan.

De båda systrarna brukade fnissa då han svarade fel.

Rutger suckade när han slog sig ner i soffan. Här var sig likt, ingenting var förändrat. Jo, kaffebryggaren, den hade han inte sett tidigare.

– Hur är det med Marianne? säger Elida

– Jovars det är inte så farligt, bara en liten förkylning på gång. Hon kommer till sommaren istället.

Så spred sig kaffedoften i det lilla köket. Den fina hemvävda duken låg på bordet dagen till ära och kakfaten var till bredden fyllda med hembakat bröd.

– Ljusen, säger Tilda vänd mot Elida medan hon stoppade skira kaffeservetter i öronen på kaffekopparna. Elida satte snabbt fram två ljus på bordet och snart satt de där alla tre precis som förr i tiden. Rutger kände sig lycklig och avslappnad. Det fanns en ro och en stämning som var svår att beskriva och när han såg sina systrars oskyldiga ansikten var han också säker på att det inte varit de som skickat postpaketet till honom. De skrattade och pratade, systrarna trugade kakor i brodern och så går Tilda fram till drängskåpet.

– Vi skulle kanske ta oss en kaffegök, säger hon.

– KAFFEGÖK! säger Rutger högt och förvånat. Så högt att han inte hörde när Tilda sa att det var flaskor som blivit över sen firman. Elida gav systern en ilsken blick.

– Lite som vi fått över sen i julas, tillägger Tilda

Rutger hade emellertid hunnit se att där stod en lång rad med flaskor. Tilda slog vant upp i glasen och stjälpte över det i kaffekoppen. Rutger var lite avvaktande men sedan hällde också han över Vodkan i kaffet.

Det var då för märkligt. Här satt han hemma i Borrby hos sina gamla systrar och drack kaffegök. Förändrats, det hade de och han var övertygad om att det var den där Klemens som satt griller i huvudet på dem.

De båda systrarna hade mycket sladder att förtälja Rutger. De hade slagit upp var sin gök till och stämningen var uppspelt och vänlig. Rutger överräckte chokladasken från Marianne och räckte även över lådan med skåpet.

– Inte fyller vi år idag, skrattar Tilda

– Tänkte bara jag ville lämna mitt bidrag till det nya badrummet, säger Rutger och systrarna öppnade kartongen.

– ETT BADRUMSSKÅP! säger Elida och skiner upp, med spegel och hyllor. Men Rutger inte skulle du…

– Precis vad vi behöver, säger Tilda. Pengarna vi tjänat räcker precis till omändringen.

– Tjänat? säger Rutger förvånat.

– Ja, det blir allt lite pengar över av pensionen varje månad, slätar Elida över.

Tilda kände sig olycklig, alltid var det hon som gjorde fel.

– Här kan parfymen stå som vi fått av dig Rutger, säger Tilda och pekade på en av hyllorna.

Rutger kände sig genast osäker igen.

– Du kan få ligga i kökssoffan, säger Elida. Vi ligger inte där längre nu sedan Alvar farit.

– Alvar farit? säger Rutger. Har han bott här också?

– Nej då, skrattar Elida och berättade att de känt sig så ledsna den dagen Alvar åkt tillbaka till stan att de liksom kände att de behövde tröst i föräldrarnas gamla sängar och sen hade det bara blivit så. Rutger hade skrattat lite stelt men sedan hade systrarna berättat om Alvar, med stolthet och inlevelse. Till slut hade Rutger känt sig lugn och fått tillstå att Alvar nog var en präktig karl.

Rutger hade gått ut i bilen för att hämta sin väska och med sig in hade han en flaska cognac. Det var något systrarna aldrig smakat och gott tyckte de inte att det var, men det värmde i bröstet det gjorde det. Timmarna rann snabbt iväg och innan de skulle gå till sängs hade de avnjutit en god middag som systrarna fått mycket beröm för.

– Dom är som riktiga små prydnadssaker, sa Rutger när han höll upp mor Elnas geléglas mot ljuset.

– Där är inte så många kvar, säger Elida, de flesta gick åt till leveranserna.

Rutger studsade till.

– Leveranserna?

– Ja, vi skänkte gelé till julbasaren, skyndar sig Elida att säga. Tilda smålog.

– Ja, Elida hade så mycket att stå i med alla leveranserna dit, säger Tilda syrligt.

Det var som om den uppsluppna stämningen plötsligt försvann för Rutger. Han blev orolig och fundersam. De hade ett par gånger denna kväll sagt saker som han kunde koppla samman med det potensgivande medlet. Han ville liksom få slut på det hela, ville inte höra mer, så han sa.

– Det blir en dag i morgon också flickor…

Han ville låta vänlig och glad i rösten, inte fördärva dagen som systrarna lagt ner så mycket möda på. Elida gick in i linneskåpet och tog fram lakan åt Rutger. Han brukade alltid själv vilja ta med sig men han visste att de var orubbliga på den punkten. Var man gäst så var man.

Det var kallt ute och Rutger förstod att systrarna behövde toalett inne. Det kändes kallt och otrevligt därute.

Systrarna sa god natt och Rutger satt ensam kvar i köket. Elida hade bäddat till honom i kökssoffan och han gick bort och luktade på de rena lakanen. Örngottens band var veckade som i gamla tider. Rutger hade aldrig förstått meningen med detta, men det såg vackert ut. Han tog upp kudden till ansiktet och lät den svaga lavendeldoften omgärda sig. Han kände att han inte hade långt till tårarna. Han var klarvaken och rastlös. Han slog upp ett dricksglas med Cognac och tog ett par stadiga klunkar. Han kände hur oron försvann men en besynnerlig känsla fanns ändå kvar inom honom. Han tänkte på nytt tillbaka på sin ungdom, på kvällarna då de satt vid köksbordet och spelade trettioett. Rutger kände sig lite berusad, men tog ytterligare en klunk ur glaset. Den gamla kortleken och ettöringarna de spelat med ligger säkert kvar i lådan, tänkte han och öppnade den försiktig för att systrarna inte skulle höra.

Jodå, mycket riktigt i den vänstra lådan låg samma gamla kort med de bockade hörnen och så de gamla kopparmynten. Han sneglade också i högra lådan. Kassabok stod det. Rutger stängde lådan, slog upp en liten skvätt cognac till bara för att göra något. Så bestämde han sig för att gå till sängs. Fast han visste att det var fult, drogs han som en magnet mot bordet och lådan. Han öppnade igen, tittade på boken och stängde igen. Han gick sedan bort till sovrummet och lyssnade. Systrarnas snarkningar avslöjade att deras sömn var tung och djup. Rutger gick bort till lådan, tog beslutsamt upp kassaboken och började läsa.

Utgifter: Vodka, Angostura, kaffebönor, Vodka, burkar, kaffefilter, postförskottsavgifter, Vodka, Inkomster: 10 burkar, 15 burkar, 32 burkar.

Rutger slutade andas. Det var alltså hans båda systrar. Allting snurrade. Om det berodde på spriten eller upptäckten och vetskapen om systrarnas firma visste han inte. Herregud... och här i föräldrahemmet och de visste att han...

Vreden steg inom honom. Han fick lägga band på sig för att inte rusa in och väcka sina båda systrar, ruska dem och ställa dem till svars. Han grät som ett barn, stora tunga tårar föll ner i kassaboken. Han kunde se sina föräldrar framför sig. Tänk om smedmästare Svensson levat och han fått veta. Gråten övergick till hysteriskt skratt. Skrånacke hade hans pappa säkert sagt, förbannade skrånacke. Han fortsatte att skratta men nu ett befriande skratt. Han skrattade åt sin egen uselhet, åt de båda skenheliga systrarna som låg och snarkade i sina sängar. Han kunde inte fatta hur tanken kunnat födas i deras hjärnor, hur de kunnat tillverka och hur de kunnat sköta försäljningen. Han bläddrade vidare i kassaboken och tittade på slutsumman åttioåttatusen tvåhundra kronor. Rutger blev bestört. Nära nittiotusen hade hans båda systrar tjänat in på kort tid. Han var imponerad, det var han, ja nästan stolt. Han hade misstagit sig på dem det var helt klart. De hade visat en framåtanda och en initiativförmåga som han själv saknade. Skulle han berätta att han visste? Nej, det var alltför genant att stå öga mot öga med dem när sanningen avslöjades. Han visste inte om det var spriten eller lättnaden och vissheten som gjorde honom så uppspelt. Han tog upp sin penna och skrev med sirliga bokstäver underst i kassaboken, räkenskaperna äro granskade och funna vara uppförda enligt god revisionssed. / Rutger Svensson.

Han stoppade tillbaka boken och klädde av sig, men innan han gick till sängs gluttade han på dörren till sovrummet.

– Era förbannade haggor, sa han tyst för sig själv och skrattade så tårarna rann. Det var skönt att krypa ner mellan de svala lakanen. Det var som om han väntade att mor Elna skulle komma och stoppa om honom. Han borrade ner huvudet i den mjuka kudden och grät.

KAPITEL 29

De två dagarna med Rutger hade varit trevliga och det märktes att även han uppskattat besöket. Mest glada var de över att deras hemlighet inte röjts. Veckan gick och på måndagen skulle Olofssons son komma och börja omändringsarbetet. Det blev hektiska veckor men det var en fantastisk upplevelse för de båda systrarna att se hur förändringarna fortskred. En bit av deras sovrum hade de fått offra och en garderob men det kunde de klara sig utan. Den 6:e maj beräknades det vara färdigt och enligt Olofsson höll tidsplanen. Varje kväll Olofsson gått, besiktigade de badrummet. Golvet var lagt, tapeten uppsatt och denna dag hade porslinet kommit. De njöt och längtade till den kväll då de skulle få inviga sitt nya dass. Dagen kom, solig och fin. På morgonen hade de fått kort från Alvar där han skrev att han ämnade komma redan i början av juni och det gjorde dem mycket glada.

När Olofsson var klar med det sista hade Elida kaffet färdigt. Ja, det blev kvällskaffe för Olofsson hade inte blivit klar förrän fram mot sjutiden.

– Såja, nu slipper ni gå ut mer, säger han.

– Det skall bli skönt. Och vackert har det blivit, säger Tilda berömmande.

– Hur mycket blir vi skyldiga, säger Elida

Olofsson tog fram sitt block och räknade ner det sista.

– 82 000 kronor.

Elida försökte se oberörd ut. Hon gick bort och tog kakburken med pengarna och betalade kontant. Olofsson bugade och försvann ut i försommarkvällen.

– Åttiotvåtusen, säger Tilda då har vi ju 6 200 kronor över.

Elida skrattade.

– Det är inte alltid stadsborna har rätt.

Hon tänkte på att de alltid brukat säga att det blir dyrare än beräknat.

När de plockat undan från bordet, städade de av i det nya badrummet. Tilda hämtade den nya mattan och satte på toalettöverdraget. Elida hängde upp mor Elnas handvävda handdukar med den blå bården.

Tilda försvann in i rummet, hon såg hemlighetsfull ut.

– Här! säger hon och räcker Elida en toalettrulle i det mjukaste papper, med blå bård.

– Jag köpte dom en gång när jag var själv i stan. Dom var dyra men det är annat än gamla tidningar.

– Du kan allt hitta på du, säger Elida vänligt mot sin syster och Tilda blev varm i kroppen.

Innan de gick till sängs, öppnade Elida lådan med kassaboken.

– Det är väl bäst att undanröja alla bevis, säger hon och kastar kassaboken i AGA-spisen.

Tilda skrattade. Det blev Elida som fick inviga den nya toaletten innan de gick till sängs. Tilda ställde sig utanför dörren.

– Du Elida, det här blir något att visa upp för Alvar när han kommer. Hon hörde inte vad Elida svarade för i samma stund spolade hon för första gången i den ljusblå toalettstolen.

När det var Tildas tur att njuta av toalettbesöket stod Elida utanför dörren och pratade. Så hade de gjort i alla år och så kom det att förbli framöver. Det var förtroliga stunder där vid varsin sida av dörren. De njöt de båda systrarna och hade svårt att komma i säng.

När de till slut gick in i sovrummet slickade eldslågan upp den sista biten av kassaboken. De var belåtna över vissheten att de skulle ta hemligheten med sig i graven.

De gamla filttofflorna med upphöjningarna efter liktornarna gapade tomma i mörkret. Tänderna låg på sin plats i vattenglaset vid spisen. Systrarna Svensson låg nära varandra. De log i sömnen och snart skulle rörstocken kallna och ge ifrån sig sina tre knäppningar.